STS

山田社

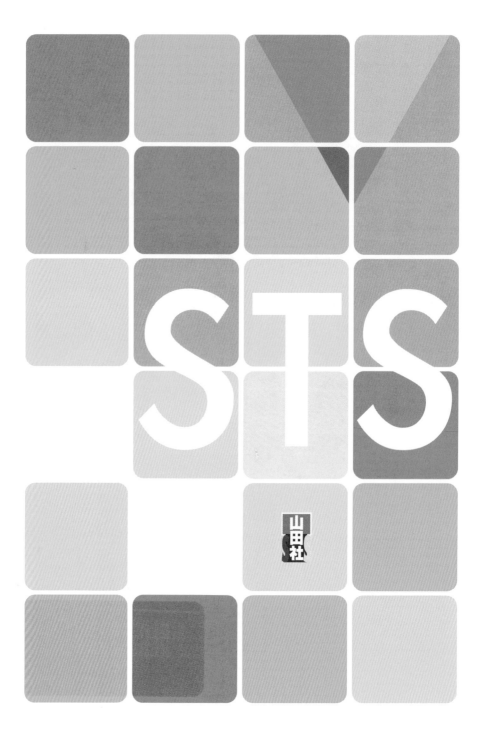

STS

山田社

合格班
日檢聽力

考試分數大躍進
累積實力
百萬考生見證
應考秘訣
根據日本國際交流基金考試相關概要

逐步解說 & 攻略問題集

〔全真模擬試題〕完全對應新制

吉松由美、田中陽子、西村惠子
山田社日檢題庫小組 ◎ 合著

N1

◉ MP3

JLPT

山田社
Shan Tian She

前言

preface

百分百全面日檢學習對策，讓您震撼考場！
日檢合格班神救援，讓您輕鬆邁向日檢合格之路！

★ N1 聽力考題 ✕ 日檢制勝關鍵句 ✕ 精準突破解題攻略＝日檢合格的完美公式！
★ 附贈標準發音光碟，反覆聽訓練耳朵敏感度，破解聽解盲點！
★ 關鍵句神救援，一聽到題目就有答案！
★ 重點單字文法大集合！讓你立刻聽見考點！
★ 精選全真模擬試題，逐步解說，100% 命中考題！

聽力攻略、聽力考題、模擬試題…，為什麼買了一堆相關書籍，還是聽不懂？
做了大量的模擬試題，聽到最後還是選到錯的答案？
光做題目還不夠，做完題目你真的都懂了嗎？
別再花冤枉錢啦！重質不重量，好書一本就夠，一次滿足你所有需求！
練習聽力不要再隨便亂聽！有邏輯、有系統的學習，才是瞬間聽懂考題的關鍵！
合格班提供 100%全面的聽力學習對策，讓您輕鬆取證，震撼考場！

● 100%權威｜突破以往，給你日檢合格的完美公式！

本書設計完全符合 N1 日檢聽力的題型，有 「課題理解」、「要點理解」、「概要理解」、「即時應答」及「綜合理解」五大題型，為的是讓您熟悉答題時間及字數，幫您找出最佳的解題方法。只要反覆練習就能像親臨考場，加上突破以往的版面配置與內容編排方式，精心規劃出一套日檢合格的完美公式！

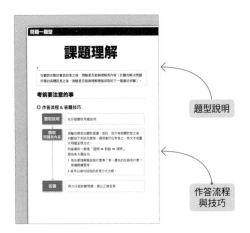

題型說明

作答流程
與技巧

● 100%標準 ｜ 日籍老師標準發音光碟，反覆聆聽，打造「日語耳」！

同一個句子，語調不同，意思就不同了。本書附上符合N1考試朗讀速度的高音質光碟，發音標準純正，幫助您習慣日本人的發音、語調及語氣。希望您不斷地聆聽、跟讀和朗讀，以拉近「聽覺」與「記憶」間的距離，加快「聽覺・圖像」與「思考」間的反應。此外，更貼心設計了「一題一個音軌」的方式，讓您不再面臨一下快轉、一下倒轉，找不到音檔的窘境，任您隨心所欲要聽哪段，就聽哪段！

一題
一音軌

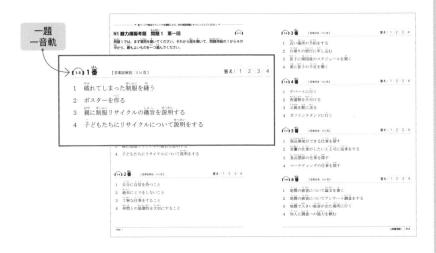

抓住重點關鍵句，才是突破考題的捷徑！本書貼心整理出關鍵處！解題之前先訓練您的搜索力，只要聽到最關鍵的那一句，就能不費吹灰之力破解題目！解題攻略句句都是精華！並整理出重點單字和文法，內容豐富多元，聽力敏感度大幅提升！

依照編號對照右頁關鍵句解說。例：關鍵句 1 對照關鍵句解題①。

關鍵句

あ、じゃあ、今年は見本をのせたポスターを学校に貼ってみましょうか。こんなのでも OK ですってイラストや写真入りで。で、子どもたちからも親に言ってもらいましょう。

M：ああいいですね。そうしましょう。

依編號對照關鍵句解說

了，不如今年放上樣本做成海報，張貼在學校試試看吧？在海報加上像這樣的制服也OK的插圖或照片。然後，也請孩子們回去轉告家長。

①②對於男士建議製作海報張貼在學校的意見，女士也表示贊成。

請問女士訓誡男士要注意什麼事呢？

1　對自己有信心
2　絕對不犯錯
3　工作應該更細心一點
4　重視和同事的合作協調

關於選項 1 和選項 3，對話中都沒有提到。

選項 2，女士提到每個人都會遇到失敗，不可能完全不犯錯。

選項說明

● 100%破解 ｜ 聽覺、視覺、大腦連線！破解聽解盲點，加深記憶軌跡！

本書採用左右頁對照的學習方式，藉由閱讀左頁的原文，對照右頁的翻譯和解題，配合［單字 ・ 文法］註解，讓「聽」、「讀」、「思」同步連線，以加深記憶軌跡，加快思考力、反應力，全面提高答題率！

重點單字

□ 営業マン 業務員
□ 実験 實驗
□ 部署 工作崗位；安排
□ 開発 開發
□ マーケティング【marketing】 市場行銷

● 100%擬真 ｜ 考題神準，臨場感最逼真！

每道題目都完全符合新制日檢 N1 聽力的考試方式，讓你彷彿親臨考場。接著由金牌日籍教師群點出重點關鍵句，再針對每道題目精闢分析，更列出重點單字和文法，在破解聽力問題的同時加強日語運用能力，帶你穩紮穩打練就基本功，輕輕鬆鬆征服日檢 N1 考試！

題目與關鍵句　　　　　　　　　翻譯與解題

目錄　contents

新「日本語能力測驗」測驗成績

合格基準

　　舊制測驗是以總分作為合格基準；相對的，新制測驗是以總分與分項成績的門檻二者作為合格基準。所謂的門檻，是指各分項成績至少必須高於該分數。假如有一科分項成績未達門檻，無論總分有多高，都不合格。

　　新制測驗設定各分項成績門檻的目的，在於綜合評定學習者的日語能力，須符合以下二項條件才能判定為合格：①總分達合格分數（＝通過標準）以上；②各分項成績達各分項合格分數（＝通過門檻）以上。如有一科分項成績未達門檻，無論總分多高，也會判定為不合格。

　　N1～N3及N4、N5之分項成績有所不同，各級總分通過標準及各分項成績通過門檻如下所示：

級數	總分		分項成績					
			言語知識 （文字・語彙・文法）		讀解		聽解	
	得分 範圍	通過 標準	得分 範圍	通過 門檻	得分 範圍	通過 門檻	得分 範圍	通過 門檻
N1	0～180分	100分	0～60分	19分	0～60分	19分	0～60分	19分
N2	0～180分	90分	0～60分	19分	0～60分	19分	0～60分	19分
N3	0～180分	95分	0～60分	19分	0～60分	19分	0～60分	19分

級數	總分		分項成績			
			言語知識 （文字・語彙・文法）・讀解		聽解	
	得分範圍	通過標準	得分範圍	通過門檻	得分範圍	通過門檻
N4	0～180分	90分	0～120分	38分	0～60分	19分
N5	0～180分	80分	0～120分	38分	0～60分	19分

※上列通過標準自2010年第1回(7月)【N4、N5為2010年第2回(12月)】起適用。

　　缺考其中任一測驗科目者，即判定為不合格。寄發「合否結果通知書」時，含已應考之測驗科目在內，成績均不計分亦不告知。

測驗結果通知

　　依級數判定是否合格後，寄發「合否結果通知書」予應試者；合格者同時寄發「日本語能力認定書」。

■ N1, N2, N3

得点区分別得点 Scores by Scoring Section			総合得点 Total Score
言語知識(文字・語彙・文法) Language Knowledge(Vocabulary/Grammar)	読解 Reading	聴解 Listening	
50 / 60	30 / 60	40 / 60	120 / 180

参考情報 ReferenceInformation	
文字・語彙 Vocabulary	文法 Grammar
A	B

■ N4, N5

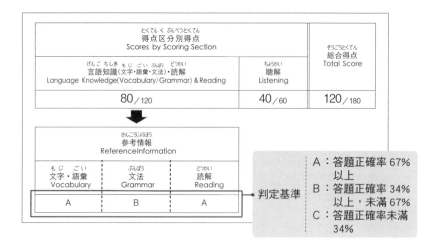

得点区分別得点 Scores by Scoring Section		総合得点 Total Score
言語知識(文字・語彙・文法)・読解 Language Knowledge(Vocabulary/Grammar) & Reading	聴解 Listening	
80 / 120	40 / 60	120 / 180

参考情報 ReferenceInformation		
文字・語彙 Vocabulary	文法 Grammar	読解 Reading
A	B	A

判定基準

A：答題正確率 67% 以上
B：答題正確率 34% 以上，未滿 67%
C：答題正確率未滿 34%

※ 各節測驗如有一節缺考就不予計分，即判定為不合格。雖會寄發「合否結果通知書」但所有分項成績，含已出席科目在內，均不予計分。各欄成績以「＊」表示，如「＊＊／60」。

※ 所有科目皆缺席者，不寄發「合否結果通知書」。

N1 題型分析

測驗科目 (測驗時間)		試題內容			
		題型		小題題數 *	分析
語言知識、讀解	文字、語彙	1	漢字讀音	◇ 6	測驗漢字語彙的讀音。
		2	選擇文脈語彙	○ 7	測驗根據文脈選擇適切語彙。
		3	同義詞替換	○ 6	測驗根據試題的語彙或說法,選擇同義詞或同義說法。
		4	用法語彙	○ 6	測驗試題的語彙在文句裡的用法。
	文法	5	文句的文法1 (文法形式判斷)	○ 10	測驗辨別哪種文法形式符合文句內容。
		6	文句的文法2 (文句組構)	◆ 5	測驗是否能夠組織文法正確且文義通順的句子。
		7	文章段落的文法	◆ 5	測驗辨別該文句有無符合文脈。
	讀解*	8	理解內容 (短文)	○ 4	於讀完包含生活與工作之各種題材的說明文或指示文等,約200字左右的文章段落之後,測驗是否能夠理解其內容。
		9	理解內容 (中文)	○ 9	於讀完包含評論、解說、散文等,約500字左右的文章段落之後,測驗是否能夠理解其因果關係或理由。
		10	理解內容 (長文)	○ 4	於讀完包含解說、散文、小說等,約1000字左右的文章段落之後,測驗是否能夠理解其概要或作者的想法。

	11	綜合理解	◆ 3	於讀完幾段文章（合計600字左右）之後，測驗是否能夠將之綜合比較並且理解其內容。
	12	理解想法（長文）	◇ 4	於讀完包含抽象性與論理性的社論或評論等，約1000字左右的文章之後，測驗是否能夠掌握全文想表達的想法或意見。
	13	彙整資訊	◆ 2	測驗是否能夠從廣告、傳單、提供各類訊息的雜誌、商業文書等資訊題材（700字左右）中，找出所需的訊息。
聽解	1	理解問題	◇ 6	於聽取完整的會話段落之後，測驗是否能夠理解其內容（於聽完解決問題所需的具體訊息之後，測驗是否能夠理解應當採取的下一個適切步驟）。
	2	理解重點	◇ 7	於聽取完整的會話段落之後，測驗是否能夠理解其內容（依據剛才已聽過的提示，測驗是否能夠抓住應當聽取的重點）。
	3	理解概要	◇ 6	於聽取完整的會話段落之後，測驗是否能夠理解其內容（測驗是否能夠從整段會話中理解說話者的用意與想法）。
	4	即時應答	◆ 14	於聽完簡短的詢問之後，測驗是否能夠選擇適切的應答。
	5	綜合理解	◇ 4	於聽完較長的會話段落之後，測驗是否能夠將之綜合比較並且理解其內容。

＊「小題題數」為每次測驗的約略題數，與實際測驗時的題數可能未盡相同。此外，亦有可能會變更小題題數。

＊有時在「讀解」科目中，同一段文章可能會有數道小題。

＊符號標示：「◆」舊制測驗沒有出現過的嶄新題型；「◇」沿襲舊制測驗的題型，但是更動部分形式；「○」與舊制測驗一樣的題型。

資料來源：《日本語能力試驗JLPT官方網站：分項成績‧合格判定‧合否結果通知》。2016年1月11日，取自：http://www.jlpt.jp/tw/guideline/results.html

課題理解

在聽取完整的會話段落之後，測驗是否能夠理解其內容（於聽完解決問題所需的具體訊息之後，測驗是否能夠理解應當採取的下一個適切步驟）。

考前要注意的事

▶ 作答流程 & 答題技巧

聽取說明	先仔細聽取考題說明

↓

聽取問題與內容

測驗目標是在聽取建議、委託、指示等相關對話之後，判斷接下來該怎麼做。選項會印在考卷上，有文字或圖片兩種呈現方式。

內容順序一般是「提問 ➡ 對話 ➡ 提問」
預估有 6 題左右

1 首先確認選項或插圖的意思。

2 接下來要理解應該做什麼事？第一優先的任務是什麼？要邊聽邊看選項或插圖，邊整理。

3 經常以換句話說的表現方式出題。

↓

答題	再次仔細聆聽問題，選出正確答案

N1 聴力模擬考題　問題1　第一回　🎧(1-1)

問題1では、まず質問を聞いてください。それから話を聞いて、問題用紙の1から4の中から、最もよいものを一つ選んでください。

🎧(1-2) **例**　【答案詳見：230頁】　　答え： ① ② ③ ④

1　タクシーに乗る
2　飲み物を買う
3　パーティに行く
4　ケーキを作る

🎧(1-3) **1番**　【答案跟解説：014頁】　　答え： ① ② ③ ④

1　破れてしまった制服を縫う
2　ポスターを作る
3　親に制服リサイクルの趣旨を説明する
4　子どもたちにリサイクルについて説明をする

🎧(1-4) **2番**　【答案跟解説：016頁】　　答え： ① ② ③ ④

1　自分に自信を持つこと
2　絶対にミスをしないこと
3　丁寧な仕事をすること
4　仲間との協調性を大切にすること

模擬試題

もんだい ❶

もんだい 2

もんだい 3

もんだい 4

もんだい 5

(1-5) 3番　【答案詳見：018頁】　　　答え：① ② ③ ④

1 近い場所の予約をする

2 日帰りの旅行に申し込む

3 息子に帰国後のスケジュールを聞く

4 妻に息子の予定を聞く

(1-6) 4番　【答案詳見：020頁】　　　答え：① ② ③ ④

1 デパートに行く

2 洗濯物を片付ける

3 父親を駅に送る

4 ガソリンスタンドに行く

(1-7) 5番　【答案詳見：022頁】　　　答え：① ② ③ ④

1 商品開発ができる仕事を探す

2 営業の仕事がしたいと上司に返事をする

3 食品関係の仕事を探す

4 マーケティングの仕事を探す

(1-8) 6番　【答案詳見：024頁】　　　答え：① ② ③ ④

1 地震の被害について論文を書く

2 地震の被害についてアンケート調査をする

3 地震で大きい被害が出た場所に行く

4 知人に調査への協力を頼む

問題1では、まず質問を聞いてください。それから話を聞いて、問題用紙の1から4の中から、最もよいものを一つ選んでください。

1番

中学校で、男の人と女の人が話しています。二人はこれから何をしますか。

F：男の子の制服は集まらないですね。

M：ええ。みなさん、制服は思い出があるから、とっておきたいんでしょうか。

F：それもあるけど、破れたり、しみになったりしていて、こんなの出しても…って思ってる人も多いかもしれませんよ。

M：そうですね。うちの子も結構乱暴に着ていたから、卒業した後、リサイクルに出すのはちょっとなあ…*。

F：新入生は別としても、持っている制服のサイズが小さくなってしまって、という人は、とにかく大きいのがほしいんですよ。うちの息子もそうでした。ですから、多少破れたりしていても。あ、じゃあ、今年は見本をのせたポスターを学校に貼ってみましょうか。こんなのでもOKですってイラストや写真入りで。で、子どもたちからも親に言ってもらいましょう。　<關鍵句 ①

M：ああいいですね。そうしましょう。

□ 思い出 回憶

□ 破れた 破，撕破

□ 乱暴 粗魯，粗暴

□ 見本 例子，樣本

□ ポスター【poster】 海報

□ 縫う 縫，縫紉

□ 趣旨 宗旨

二人はこれから何をしますか。

1　破れてしまった制服を縫う

2　ポスターを作る

3　親に制服リサイクルの趣旨を説明する

4　子どもたちにリサイクルについて説明をする

翻譯與解題

もんだい ❶

もんだい 2

もんだい 3

もんだい 4

もんだい 5

第一大題。請先聽每小題的題目，接著聽完對話，再從答案卷上的選項 1 到 4 當中，選出最佳答案。

（1）

男士和女士正在中學裡交談。請問他們兩人接下來要做什麼呢？

F：男生制服都收集不到呀。

M：就是説啊。會不會大家都想把制服留下來做紀念呢？

F：那也是原因之一，但或許有很多人覺得制服上有破洞和汙漬，不好意思捐出來吧。

M：説得也是。我家小孩穿制服時也同樣不珍惜，畢業了以後，不太好意思送過來回收利用⋯⋯*。

F：新生除外，有些人目前的制服尺寸已經太小了，很希望拿到比較大件的，我家兒子就是這樣。所以，稍微有點破損的也無所謂。啊，對了，不如今年放上樣本做成海報，張貼在學校試試看吧？在海報加上像這樣的制服也OK的插圖或照片。然後，也請孩子們回去轉告家長。

> ①②對於男士建議製作海報張貼在學校的意見，女士也表示贊成。

M：喔，這主意很好，就這麼做吧！

Answer **2**

請問他們兩人接下來要做什麼呢？

1　縫補破損的制服

2　製作海報

3　向家長説明回收制服的宗旨

4　向學童們説明回收

*ちょっとなあ＝不太好意思（有些猶豫的意思。）

2番
ばん

会社で男の人と女の人が話しています。女の人は男の人にどんなことに気をつけるように言いましたか。

M：昨日は申し訳ありませんでした。

F：注文部数のミス*をするなんて、田中君らしくないね。どうしたの。

M：契約が取れたことで、気が緩んでいたのかもしれません。

F：確かに、この契約を取ってきたときはさすが田中君だと思ったわ。だけど、細かい部分にこそ、その人の仕事の姿勢が問われるっていうことを忘れちゃ困るよ。そのためには何より、すべて自分でできるって思わないこと。　　　< 關鍵句
　　　　　　　　　　　　　　　　　　　　　　　　　　　1

M：はい、以後絶対にこんなことは…。

F：みんな失敗はするの。絶対、ということはないんだから。だからこそ、チームワークを大事にして、一にも確認二にも確認。　　< 關鍵句
絶対一人でやれるなんて、自分を過信してはダメよ。
　　　　　　　　　　　　　　　　　　　　　　　2

M：はい。わかりました。…本当に申し訳ありませんでした。

□ 気が緩む 鬆懈
□ 過信 過於相信
□ 協調性 合作協調

女の人は男の人にどんなことに気をつけるように言いましたか。

1　自分に自信を持つこと

2　絶対にミスをしないこと

3　丁寧な仕事をすること

4　仲間との協調性を大切にすること

翻譯與解題

もんだい ❶

もんだい 2

もんだい 3

もんだい 4

もんだい 5

（2）

男士和女士正在公司裡談話。請問女士訓誡男士要注意什麼事呢？

M：昨天的事實在非常抱歉。

F：把訂單的數目下錯了*，真不像田中你會犯的失誤，怎麼了嗎？

M：可能因為搶下合約，精神鬆懈了。

F：的確，當我聽到搶到這件合約的時候，心想真不愧是田中！不過，千萬不能忘記，從細節才能看處一個人的工作態度喔！最重要的是不要只想著憑一己之力達到十全十美。

M：好的，我絕對不會再犯這種錯誤了……。

F：每個人都會遇到失敗。沒有什麼事是百分之百保證的。正因為如此，更要重視團隊合作，確認再確認。千萬不要過度自信，認定絕對可以一個人完成喔！

M：好的，我明白了。……真的非常抱歉。

> ①②女士正在訓誡男士，不要認為自己一個人就能做到十全十美，要重視團隊合作，也就是說，要重視和旁人的合作協調。

Answer 4

請問女士訓誡男士要注意什麼事呢？

1　對自己有信心

2　絕對不犯錯

3　工作應該更細心一點

4　重視和同事的合作協調

> 關於選項1和選項3，對話中都沒有提到。

> 選項2，女士提到每個人都會遇到失敗，不可能完全不犯錯。

*ミス＝錯誤（出差錯。ミステイク【mistake】的略稱。）

3番_{ばん}

旅行会社_{りょこうがいしゃ}で男_{おとこ}の人_{ひと}が店員_{てんいん}と話_{はな}しています。男_{おとこ}の人_{ひと}はこれからどうしますか。

F：行_いき先_{さき}はどの辺_{あた}りをお考_{かんが}えですか。ご参考_{さんこう}までに、こちらは九_{きゅう}州_{しゅう}、北海道_{ほっかいどう}のパンフレットです。それとこちらは伊豆_{いず}、箱根_{はこね}ですね。…ご家族_{かぞく}、三名様_{さんめいさま}*でよろしかったでしょうか。

M：ええ。息子_{むすこ}が留学先_{りゅうがくさき}から一時帰国_{いちじきこく}するんで、何年_{なんねん}かぶりに家族_{かぞく}で温泉_{おんせん}でも行_いきたいと思_{おも}って……。新幹線_{しんかんせん}で、京都_{きょうと}辺_{あた}りとか。

F：大学生_{だいがくせい}のお子_こさんで、一時帰国_{いちじきこく}ということですと、<u>お忙_{いそが}しいかもしれませんね。</u>①　**◁關鍵句**

M：ええ。たったの一週間_{いっしゅうかん}なんです。そうか。<u>確_{たし}かにいろいろあるだろうしなあ。</u>②　**◁關鍵句**

F：それでしたら、<u>近_{ちか}いところでの一泊_{いっぱく}や、日帰_{ひがえ}りも検討_{けんとう}された方_{ほう}がいいかもしれませんね。あるいは、ご本人_{ほんにん}に予定_{よてい}を確認_{かくにん}されてからでも、今_{いま}の時期_{じき}は大丈夫_{だいじょうぶ}かと。</u>③　**◁關鍵句**

M：そうですね。うーん、喜_{よろこ}ばせようと思_{おも}ったんだけど、ちょっと早_{はや}すぎたか。まあ、<u>その方_{ほう}が無難_{ぶなん}だな。じゃ、そうします。</u>④　**◁關鍵句**

□ パンフレット
　【pamphlet】小冊子
□ 留学先_{りゅうがくさき} 留學地點
□ 一泊_{いっぱく} 住一晚
□ 日帰_{ひがえ}り 當天來回

男_{おとこ}の人_{ひと}はこれからどうしますか。

1　近_{ちか}い場所_{ばしょ}の予約_{よやく}をする

2　日帰_{ひがえ}りの旅行_{りょこう}に申_{もう}し込_こむ

3　息子_{むすこ}に帰国後_{きこくご}のスケジュールを聞_きく

4　妻_{つま}に息子_{むすこ}の予定_{よてい}を聞_きく

翻譯與解題

もんだい

① ②

もんだい

2

もんだい

3

もんだい

4

もんだい

5

（3）

男士和店員正在旅行社裡討論。請問男士接下來要做什麼呢？

Ｆ：請問您想去哪一帶呢？先提供幾個方案給您參考，這是九州及北海道的ＤＭ，還有，這是伊豆和箱根的。……請問是否全家總共三位＊要去玩呢？

Ｍ：對。兒子在國外留學，過陣子會回國一趟，一家人已經好幾年沒一起旅遊了，我想帶他們去泡泡溫泉……，比如搭新幹線到京都一帶也不錯。

Ｆ：如果是上大學的公子暫時回國一趟，或許會很忙喔。

> ① ②暫時回國的兒子恐怕會很忙。

Ｍ：是啊，只回來一星期而已。有道理，恐怕有很多事要忙。

Ｆ：那樣的話，也許可以考慮到近一點的地方住一晚，還是當天來回。又或者先和令公子本人確認有無其他安排之後再來預約也不遲。目前不是旅遊旺季，應該沒有問題。

> ③ ④店員提議，等確認了兒子回國後的安排再決定比較好，男士同意了這個提議。

Ｍ：妳說的有道理。唔，本來想給他一個驚喜，看來是我太衝動了。嗯，照妳講的比較妥當。那，就這樣吧。

Answer **3**

請問男士接下來要做什麼呢？

1　預約近一點的地方
2　報名一日遊的旅行
3　詢問兒子回國後的行程安排
4　向妻子詢問兒子的預定行程

＊三名様＝三位客人（店員尊稱客人的用語，在這裡是用於對顧客家人的尊敬語。）

4番

父親が娘と話しています。娘はこれから何をしますか。

M：ちょっと出かけてくるよ。

F：いってらっしゃい。あ、お父さん、車使っていい？　そろそろ新しい毛布がほしいから、デパートに行ってくる。 < 關鍵句 [1]

M：最近寒くなってきたからね。いいけどガソリンはたいして入っ < 關鍵句 ていないよ。 [2]

F：ああ、じゃ入れとく。

M：そうか。すぐ出かけるのか？

F：うん。今、洗濯物を片付けてるところだったけど、後回しにし < 關鍵句 てもいいし。 [3]

M：ああ、じゃあ、ちょうどよかった。悪いけど駅まで頼むよ。バ < 關鍵句 [4] スは今の時間なかなか来ないからな。

F：珍しいね。お父さん、バスで行くつもりだったの？いいわよ。ガソリンスタンドのカード貸して。デパートの近くで入れるから。

M：ああ。これだよ。

□ ガソリン【gasoline】汽油

□ 後回し 推遲

□ 悪いけど 不好意思

娘はこれから何をしますか。

1　デパートに行く

2　洗濯物を片付ける

3　父親を駅に送る

4　ガソリンスタンドに行く

翻譯與解題

もんだい

❶

もんだい

2

もんだい

3

もんだい

4

もんだい

5

（4）

爸爸和女兒正在聊天。請問女兒接下來要做什麼呢？

M：我出去一下囉！

F：路上小心。啊，爸爸，車子可以給我用嗎？差不多該買件新毛毯了，我想去百貨公司一趟。

M：嗯，最近開始轉涼了。車給妳用，不過沒剩多少油囉！

F：喔，我會去加油。

M：那好。妳馬上要出門嗎？

F：嗯，我正在疊洗好的衣服，等下回來再做也可以。

M：喔，那剛好，就麻煩妳載我去車站吧。這時候等巴士要等好久。

F：真難得，爸爸本來打算搭巴士去哦？沒問題呀。加油卡借我，我去百貨公司附近加油。

M：喏，給妳。

①②去百貨公司前必須先去加油站。

③女士決定先去加油站，回來後再整理洗好的衣服。

④去加油站的途中順便送爸爸去車站。

因此，接下來要做的事，「父親を駅に送る」為正確答案。

--- Answer **3**

請問女兒接下來要做什麼呢？

1 去百貨公司

2 整理洗好的衣物

3 送爸爸去車站

4 去加油站

5番

大学で、卒業生と学生が話しています。男の人はこれから何をしますか。

F：私、どんな仕事がしたいのか、自分でもわからなくなってきて。先輩、営業の仕事って、どうですか。

M：僕はまさか自分が営業マンになるなんて思わなかったよ。大学では、ずっと実験ばかりだったから。

F：そうですよね。どんな仕事をさせられるかはわからないですよね。必ずしも希望通りにはならないし。

M：うん。最初は毎日辛かったけど、一年たって今の仕事もおもし ＜關鍵句
ろいって思えるようになったよ。①それに、消費者が何を求めているかを知らないで商品開発をしても、自己満足に終わるしね。もう少しすると、課長に、来年どんな部署で働きたいか希望を ＜關鍵句
聞かれるんだけど、このまま営業をやらせてほしいって返事しようと思ってる。②

F：へえ。自分の知らなかった自分に気づくって、なんかいいですね。私も新しい自分の力に気づけるかな。

□ 営業マン 業務員
□ 実験 實驗
□ 部署 工作崗位；安排
□ 開発 開發
□ マーケティング
　【marketing】 市場行銷

男の人はこれから何をしますか。

1　商品開発ができる仕事を探す
2　営業の仕事がしたいと上司に返事をする
3　食品関係の仕事を探す
4　マーケティング*の仕事を探す

翻譯與解題

もんだい ❶

もんだい 2

もんだい 3

もんだい 4

もんだい 5

（5）

畢業生和大學生正在校園裡交談。請問男士接下來
要做什麼呢？

F：我也不曉得自己想做什麼樣的工作。學長，您
　　從事業務工作，有什麼感想呢？

M：我也沒想過自己會變成業務員啊。畢竟上大學
　　時，我一直待在實驗室裡。

F：就是說呀。人生根本無法預測日後會走哪一
　　行，不一定能夠依照原本的期望去做。

M：嗯，一開始每天都很痛苦，過了一年以後，覺
　　得現在的工作蠻有意思的。而且假如在研發產
　　品的過程並不知道消費者的需求，做出來的產
　　品只不過是自我滿足罷了。再過一陣子，科長
　　會問大家明年是否想換到其他部門工作，我打
　　算告訴他就照現在這樣留在業務部裡。

F：是哦？能夠自我發現到連自己也不知道的另一
　　面，好像蠻不錯的。不曉得我能不能也像這樣
　　發覺自己具備的能力呢？

> ①做了一年後，漸漸覺得
> 業務的工作很有意思。

> ②男士打算告訴科長就照
> 現在這樣留在業務部裡工
> 作。

- Answer　2

請問男士接下來要做什麼呢？

1　找可以從事產品研發的工作
2　告訴上司自己想從事業務的工作
3　找和食品相關的工作
4　找市場行銷＊的工作

> 選項1，商品研發是男士
> 原本想從事的工作，但現在
> 男士認為如果不知道消費者
> 的需求，那麼做出來的產品
> 就只是自我滿足罷了。

> 選項3和選項4，對話中
> 沒有提到想找新工作。

＊マーケティング【marketing】＝市場行銷（從事製造、銷售與市場調查的活動。）

6番

先生と学生が話しています。学生は連休に何をしますか。

F：地震の被害について、いろいろな本を読んでいるみたいですね。　‹關鍵句

M：はい。まだまだ足りないと思いますが。

F：ただ、あなたのレポートを読んでいると、自分の目で確かめたのかなって疑問に思うことがあるんです。たとえばこの部分だけど、調査は信用できるもの？

M：ええと、2012年に建築会社が行った調査です。

F：そうですね。この会社はどんな目的でこの調査をしたと思いますか？また、この結果が一般に知れ渡ることで、誰が利益を得ますか。

M：ええと…。

F：あと、参考図書として書かれている本ですが、原文を読んでいますか？

M：いえ、それはインターネットで…。

F：同じテーマについてどんな研究があるかを知ることはもちろん大事ですが、来週はせっかくの連休なんだから、現地に足を運んでみてはどうでしょう。　‹關鍵句

M：わかりました。さっそくあちらにいる知人に連絡をとってみます。いい論文を書きたいので、この連休は現地で、自分の目で見て、自分の足で歩き回ります。　‹關鍵句

F：直接だれかと話すことで新しい視点が持てるかもしれませんね。

□ まだまだ 還，尚

□ 疑問 疑問

□ 知れ渡る 廣為周知，普遍知道

□ 足を運ぶ 前往造訪

□ 現地 現場

□ 歩き回る 到處走，走訪

学生は連休に何をしますか。

1　地震の被害について論文を書く

2　地震の被害についてアンケート調査をする

3　地震で大きい被害が出た場所に行く

4　知人に調査への協力を頼む

（6）

老師和學生正在討論，請問學生在連假期間要做什麼呢？

F：你似乎正在讀不少關於地震受災的書喔。

M：是的，但我覺得應該再多讀一些。

F：不過，我看完你的報告之後產生一個疑問：這些是否是自己親眼證實的資料？例如你引用的這個部分，那份調查資料可信度高嗎？

M：我看看，這是2012年某家建築公司進行的調查報告。

F：是呀，你認為這家公司是基於什麼樣的目的而做了這項調查呢？還有，當這個結果廣為周知之後，是誰能夠得到利益呢？

M：呃……。

F：還有，這上面寫的參考書目，你讀的是原文嗎？

M：不，那是從網路上……。

F：了解同樣的主題已經做過什麼樣的研究固然重要，下星期恰好是連續假期，你有沒有考慮到親自到當地看一看呢？

M：我明白了，等一下就和住那裡的朋友聯絡。我希望能寫出一篇內容翔實的論文，會利用這次的連假到當地用自己的眼睛詳細觀察，用自己的雙腳實地走訪。

F：或許和當地人直接交談，可以帶來新的觀點喔。

> ①學生撰寫了關於地震受災的報告。

> ②③老師建議學生利用連假期間親自走訪當地、親眼觀察。

> 對話中沒有提到問卷調查，因此選項 2 錯誤。

Answer **3**

請問學生在連假期間要做什麼呢？

1 寫關於地震受災的論文
2 針對地震受災做問卷調查
3 去因地震而受到嚴重災害的地方
4 請朋友協助調查

> 選項 1，寫論文並非連假要做的事。

> 選項 4，雖說要聯絡朋友，但並沒有說要拜託對方協助調查，並且聯絡朋友也不是連假才要做的事。

N1 聴力模擬考題　問題 1　第二回　

問題 1 では、まず質問を聞いてください。それから話を聞いて、問題用紙の 1 から 4 の中から、最もよいものを一つ選んでください。

(1-10) 例　【答案詳見：230 頁】　　　　　　　答え： ① ② ③ ④

1　タクシーに乗る

2　飲み物を買う

3　パーティに行く

4　ケーキを作る

(1-11) 1 番　【答案跟解説：028 頁】　　　　　答え： ① ② ③ ④

1　イラストの修整をする

2　イラストを課長に送る

3　会議の報告書を部長に送る

4　香港に出発する

(1-12) 2 番　【答案跟解説：030 頁】　　　　　答え： ① ② ③ ④

1　昼ご飯を食べる

2　電車に乗って市内に行く

3　博物館に行く

4　ラーメン屋を探す

模擬試題

もんだい ❶

もんだい 2

もんだい 3

もんだい 4

もんだい 5

🎧(1-13) **3番** 【答案詳見：032 頁】　　　　答え：① ② ③ ④

1　男の人が失礼だから

2　引っ越し料金が高いから

3　希望の時間に予約できないから

4　男の人がうそをついたから

🎧(1-14) **4番** 【答案詳見：034 頁】　　　　答え：① ② ③ ④

1　傘を買う

2　図書館へ行く

3　女子学生を待つ

4　女子学生に傘を借りる

🎧(1-15) **5番** 【答案詳見：036 頁】　　　　答え：① ② ③ ④

1　薬を飲みながらしばらく様子をみる

2　薬を飲んでから検査を受ける

3　すぐ総合病院に行く

4　仕事を休んで禁酒、禁煙する

🎧(1-16) **6番** 【答案詳見：038 頁】　　　　答え：① ② ③ ④

1　スキー靴と靴下

2　手袋と靴下

3　靴下とスキーパンツ

4　帽子とスキーパンツ

問題1では、まず質問を聞いてください。それから話を聞いて、問題用紙の1から4の中から、最もよいものを一つ選んでください。

1番

会社で男の人と女の人が話しています。男の人は今日、何をしなければなりませんか。

M：坂上部長、明日から、よろしくお願いいたします。

F：香港への出張、一週間でしたね。開成物産の件は大丈夫ですか。

M：はい。山崎課長に引き継いであります。イラストの修整だけは私がチェックしたいので、明日データを送ってもらうことになっているんですが。 ◁關鍵句 ①

F：それが終わったら印刷ですね。

M：はい。こちらが見本です。まだなのはイラストの部分だけです。

F：わかりました。それと、昨日の会議の報告書はいつになりますか。具体的な意見も出ていましたから、なるべく詳しく書いてほしいんですが。

M：はい、承知しました。作成中なので、でき次第今日のうちにメールでお送りしておきます。 ◁關鍵句 ②

F：わかりました。じゃ、私はこれで出てしまいますが、香港からいい話を持って帰ってきてください。

M：はい。新しい契約がとれるようにがんばります。

□ 引き継ぐ 移交；繼承
□ 修整 修飾
□ 具体的 具體的

男の人は今日、何をしなければなりませんか。

1 イラストの修整をする
2 イラストを課長に送る
3 会議の報告書を部長に送る
4 香港に出発する

翻譯與解題

もんだい ❶

もんだい 2

もんだい 3

もんだい 4

もんだい 5

第一大題。請先聽每小題的題目，接著聽完對話，再從答案卷上的選項 1 到 4 當中，選出最佳答案。

（1）

男士和女士正在公司裡談話。請問男士今天必須做什麼事才行呢？

M：坂上經理，從明天起，這邊的工作就麻煩您了。

F：我知道，你要去香港出差一個星期。開成物產那個案子沒問題吧？

M：沒問題，後續已經移交給山崎科長了。只剩下配圖的修圖仍然由我核對，對方明天會把檔案傳過來。

> ①明天才會收到配圖的修圖檔案。

F：核對無誤之後就可以送印了吧？

M：對。這是校樣，只剩下配圖的部分還沒定稿。

F：知道了。另外，昨天開會的會議紀錄什麼時候可以完成？會中提到了一些具體的意見，希望能夠盡量詳細記錄下來。

M：好的，我知道。會議紀錄還在寫，完成以後會在今天之內電子郵件寄給您。

> ②昨天開會的會議紀錄還在寫，完成以後會在今天之內傳送給經理。

F：好。那麼，我現在要出門，希望你能從香港帶回好消息！

M：了解，我會努力拿下新合約的。

Answer **3**

請問男士今天必須做什麼事才行呢？

1　修圖
2　把圖片移交給科長
3　把會議紀錄寄給經理
4　出發去香港

> 選項 1 和選項 2，明天男士才會收到檔案，所以今天無法修圖，也沒辦法把檔案傳給經理。

> 選項 4，男士是明天出發去香港出差一個星期。

2番（ばん）

男（おとこ）の人（ひと）と女（おんな）の人（ひと）が旅行（りょこう）の計画（けいかく）を立（た）てています。空港（くうこう）に着（つ）いたら、まず最初（さいしょ）に何（なに）をしますか。

F：空港（くうこう）の周（まわ）りは特（とく）に何（なに）もないみたいね。

M：そうなんだよ。着（つ）くのは11時半（じはん）だけど、空港（くうこう）ですぐ昼（ひる）ご飯（はん）を食（た）べ ◁關鍵句
　　るより、せっかくだから市内（しない）に行（い）って地元（じもと）のものを食（た）べたいよね。①

F：そうね。電車（でんしゃ）で市内（しない）まで行（い）って、そこからバスに乗（の）る予定（よてい）だから、
　　じゃあ、バスに乗（の）る前（まえ）にでも食（た）べようよ。

M：ちょっと遠回（とおまわ）りになるけど、博物館（はくぶつかん）があるよ。七世紀（ななせいき）ごろ外国（がいこく）
　　から日本（にほん）に贈（おく）られた物（もの）が展示（てんじ）されてるんだって。

F：あ、教科書（きょうかしょ）で見（み）たことある。鏡（かがみ）とか、刀（かたな）とか…。絶対（ぜったい）に見（み）たい。
　　市内（しない）の見学（けんがく）は後（あと）でもいいよ。

M：だけど空港（くうこう）から博物館（はくぶつかん）まで一時間以上（いちじかんいじょう）かかるよ。昼（ひる）ご飯（はん）はやっ ◁關鍵句
　　ぱり…。②

F：そうね。空港（くうこう）に着（つ）き次第（しだい）、すませよう。腹（はら）が減（へ）っては戦（いくさ）ができ ◁關鍵句
　　ぬ*っていうしね。それから動（うご）こうよ。でも、やっぱり一番（いちばん）の③
　　楽（たの）しみはおいしいラーメン屋（や）を探（さが）すことだよね。

M：うん。夜（よる）、行（い）こう。絶対（ぜったい）。

□ 遠回（とおまわ）り　繞道
□ 展示（てんじ）　展示，展出

空港（くうこう）に着（つ）いたら、まず最初（さいしょ）に何（なに）をしますか。

1　昼（ひる）ご飯（はん）を食（た）べる
2　電車（でんしゃ）に乗（の）って市内（しない）に行（い）く
3　博物館（はくぶつかん）に行（い）く
4　ラーメン屋（や）を探（さが）す

翻譯與解題

もんだい ❶

もんだい 2

もんだい 3

もんだい 4

もんだい 5

（2）

男士和女士正在規劃旅行。請問他們抵達機場後，首先要做什麼事呢？

F：機場附近好像沒什麼特別值得看的景點。

M：就是説啊。到那邊是十一點半，與其直接在機場吃午飯，不如把握時間進市區吃當地菜。

> ①兩人起初商量不在機場吃午餐，而是到市區再吃。

F：也對。原先規劃搭電車進市區，然後轉乘巴士。那，我們上巴士之前吃吧。

M：雖然要繞點路，但是可以去參觀博物館喔。那裡正在展示大約七世紀左右外國致贈日本的器物。

F：啊，我在教科書上看過！有鏡子和刀具之類的……，我一定要看！參觀市區的行程可以往後挪也沒關係。

M：不過從機場到博物館要花一個多小時喔，我看午飯還是……。

> ②接著兩人決定參觀市區前先去參觀博物館，但是到博物館要花一個多小時，所以兩人還是決定一到機場就吃午餐。

F：也好，到了機場就先吃，餓著肚子可沒辦法打仗呢*。吃完以後再走吧。不過，我最期待的還是去找好吃的拉麵店！

M：嗯，晚上去吧，非去不可！

Answer　1

請問他們抵達機場後，首先要做什麼事呢？

1　吃午飯

2　搭電車去市內

3　去博物館

4　找拉麵店

> 選項 2，對話提到參觀市區的行程可以挪到博物館之後。

> 選項 3，兩人決定在機場吃過午餐後再前往博物館。

> 選項 4，找好吃的拉麵店是晚上的事。

*腹が減っては戦ができぬ＝餓著肚子可沒辦法打仗（這是一句諺語，意思是肚子餓的話就無法完成要緊的事，所以做事之前要先填飽肚子。）

3番

<ruby>番<rt>ばん</rt></ruby>

引っ越し会社の人と女の人が電話で話しています。女の人はなぜ断りましたか。

M：お引越しの予定はいつですか。

F：3月29日です。

M：何時ごろがご希望ですか。

F：午前10時にはここを出られるようにしたいんです。

M：ああ、<u>もう午前中の予約はいっぱいですね。</u>申し訳ございません。〈關鍵句〉[1]
　　ええと、その日は早くても5時になってしまいます。それでよければ料金の方はサービスさせていただきますが。

F：<u>5時ということは、引っ越し先に着くのは…。</u>〈關鍵句〉[2]

M：<u>8時ごろになりますね。</u>〈關鍵句〉[3]

F：<u>夜になってしまうんですね。あっちに行ってから片付けだと、</u>〈關鍵句〉
　　ちょっと…。[4]

M：一度、荷物の方を見せていただいたほうがいいと思うんですが。よろしければ今から伺うことはできますよ。もちろん、無料で見積もりを出させていただきます。その時に、引っ越しで使う箱なんかもお持ちしますよ。

F：<u>でも、時間帯が合わないので。</u>〈關鍵句〉[5]

M：こんな時期ですから、他社さんも無理だと思いますよ。見積もりだけでもいかがですか。

F：<u>本当に結構です。じゃあ。</u>〈關鍵句〉[6]

□ 断り 拒絕
□ 引っ越し 搬家
□ 申し訳ございません 非常抱歉
□ 見積もり 估價
□ 時間帯 某個特定時段
□ 他社 其他公司

女の人はなぜ断りましたか。

1　男の人が失礼だから
2　引っ越し料金が高いから
3　希望の時間に予約できないから
4　男の人がうそをついたから

翻譯與解題

もんだい ❶

もんだい 2

もんだい 3

もんだい 4

もんだい 5

（3）

搬家公司的員工正在和女士通電話。請問女士為什麼拒絕了呢？

M：請問您預計哪一天搬家呢？

F：3月29日。

M：請問您希望大約幾點搬呢？

F：我希望上午十點從這裡出發。

M：啊，非常抱歉，上午時段已經有其他客戶預約了。我查一下……那天最早只能和您約五點，如果可以的話，會算您便宜一點。

> ①上午時段的預約已經額滿了。

F：五點的話，到新家的時間是……。

M：大約八點左右。

F：那就是晚上了。搬到那邊以後還要整理，恐怕……。

> ②③④五點離開舊家的話，到新家的時間大約是晚上八點，恐怕整理不完。

M：我想先到府上一趟，看一下有多少家具和行李要搬比較好。如果您目前有空，我現在就可以過去拜訪，當然是免費估價，也會順便把搬家時要用的打包箱送過去喔。

F：可是，搬家的時段我不方便。

M：最近是搬家的旺季，我想其他搬家公司應該也都滿檔了，還是去為您先估個價好嗎？

> ⑤⑥因為時間喬不攏，也就是説，無法預約想要的時段，所以女士拒絕了。

F：真的不用了，謝謝。

Answer **3**

請問女士為什麼拒絕了呢？

1　因為男士很沒禮貌

2　因為搬家費用太貴

3　因為無法預約想要的時間

4　因為男士説謊

> 女士沒有提到關於其他選項的內容。

4番

女の学生が男の学生と話しています。男の学生はこれからどうしますか。

F：降ってきたね。

M：今日は午後からだって言っていたのに。参ったな。

F：傘持ってないの？

M：うん。でもいいよ。夕立みたいだから、きっとしばらくしたら
やむだろうし。

F：私のを貸しましょうか。①私はどうせ次も授業だし。あなたは〈關鍵句
今日アルバイトでしょ。

M：いや、いい、いい。図書館にでも行ってる。バイトは、大急ぎ〈關鍵句
で行かなきゃならないってことはないし。ただ悪いけど、もし
次の授業が終わってもまだ降ってたら、駅まで傘に入れてって
くれない？②正門のところで待ってるから。傘、買いたいんだけど、
今、バイトの給料日前でさ…。

F：だから、いいって。私はその次も授業なんだから。③〈關鍵句

M：あ、そうなの？

F：いいよ。この前ノート借りたから、そのお返し*。④〈關鍵句

M：えっ、そう？悪いね。

□ 参った 為難，傷腦筋
□ 夕立 雷陣雨
□ お返し 答謝，還人情

男の学生はこれからどうしますか。

1　傘を買う
2　図書館へ行く
3　女子学生を待つ
4　女子学生に傘を借りる

翻譯與解題

もんだい ❶

もんだい 2

もんだい 3

もんだい 4

もんだい 5

（4）

女學生正在和男學生交談。請問男學生接下來會怎麼做呢？

F：下雨了唷！

M：氣象報告不是説今天下午才會下雨嗎？傷腦筋了。

F：你沒帶傘？

M：嗯。沒關係啦，看起來像雷陣雨，應該等一下就停了。

F：我的傘借你吧，反正我接下來還是在這裡上課。你今天不是要去打工嗎？

M：喔，不用不用，我去圖書館好了，打工那邊不必趕著去也無所謂。不好意思，妳待會兒下課以後萬一雨還沒停，可以讓我跟妳一起撐到車站嗎？我會在學校大門等妳。我想買把傘，可是打工的薪水要過幾天才領得到……。

F：就説我的傘借你嘛！我下一堂還有課啊。

M：喔，可以嗎？

F：可以啦，上次你借我筆記，當作還人情＊囉。

M：嗄，是哦？那不好意思囉。

①女學生提議借傘給男學生。

②男學生拒絕了女學生的提議，並且説希望可以跟女學生一起撐傘到車站。

③④女學生回答自己下一堂還有課，而且也當作償還先前借筆記的人情，所以女學生還是將傘借給了男學生。

Answer 4

請問男學生接下來會怎麼做呢？

1　買傘

2　去圖書館

3　等女學生

4　向女學生借傘

選項 1，男學生提到沒有錢買傘。

選項 2 指的是男學生原本提到的，在女學生上課時，男學生會在圖書館等她。

選項 3，女學生下一堂還有課。

＊お返し＝還人情（從對方那裡得到恩惠後的回報。）

5番

<ruby>病院<rt>びょういん</rt></ruby>で、<ruby>医者<rt>いしゃ</rt></ruby>と<ruby>患者<rt>かんじゃ</rt></ruby>が<ruby>話<rt>はな</rt></ruby>しています。<ruby>患者<rt>かんじゃ</rt></ruby>はこれから<ruby>何<rt>なに</rt></ruby>をしますか。

F：<ruby>今日<rt>きょう</rt></ruby>はどうされましたか。

M：<ruby>先日<rt>せんじつ</rt></ruby>の<ruby>風邪<rt>かぜ</rt></ruby>は<ruby>治<rt>なお</rt></ruby>ったみたいなんですが、なんだか<ruby>食欲<rt>しょくよく</rt></ruby>がなくてちょっと<ruby>胸<rt>むね</rt></ruby>も<ruby>痛<rt>いた</rt></ruby>むような<ruby>気<rt>き</rt></ruby>がして…。

F：ちょっと<ruby>胸<rt>むね</rt></ruby>の<ruby>音<rt>おと</rt></ruby>をきいてみましょう。…うん。じゃあ<ruby>口<rt>くち</rt></ruby>を<ruby>開<rt>あ</rt></ruby>けて、あーって<ruby>言<rt>い</rt></ruby>ってみてください。<ruby>口<rt>くち</rt></ruby>を<ruby>大<rt>おお</rt></ruby>きく<ruby>開<rt>あ</rt></ruby>けて。

M：あー。

F：<ruby>結構<rt>けっこう</rt></ruby>です。…こちらで<ruby>出<rt>だ</rt></ruby>した<ruby>薬<rt>くすり</rt></ruby>は<ruby>全部<rt>ぜんぶ</rt></ruby><ruby>飲<rt>の</rt></ruby>みましたね。

M：はい。

F：<ruby>風邪<rt>かぜ</rt></ruby>が<ruby>治<rt>なお</rt></ruby>りきっていないみたいですね。<u>ご<ruby>心配<rt>しんぱい</rt></ruby>なら<ruby>詳<rt>くわ</rt></ruby>しい<ruby>検査<rt>けんさ</rt></ruby>ができる<ruby>総合病院<rt>そうごうびょういん</rt></ruby>に<ruby>紹介状<rt>しょうかいじょう</rt></ruby>を<ruby>書<rt>か</rt></ruby>きましょうか？<ruby>血液検査<rt>けつえきけんさ</rt></ruby>なり、</u> ◁ 關鍵句
<u><ruby>レントゲン撮影<rt>さつえい</rt></ruby>なり、<ruby>受<rt>う</rt></ruby>けた<ruby>方<rt>ほう</rt></ruby>が<ruby>安心<rt>あんしん</rt></ruby>なら。</u>
①

M：<u><ruby>検査<rt>けんさ</rt></ruby>は<ruby>受<rt>う</rt></ruby>けないとまずいですか？<ruby>仕事<rt>しごと</rt></ruby>、<ruby>休<rt>やす</rt></ruby>まなきゃなんないで</u> ◁ 關鍵句
<u>すよね。</u>
②

F：<u>いや、<ruby>今<rt>いま</rt></ruby>、<ruby>仕事<rt>しごと</rt></ruby>に<ruby>行<rt>い</rt></ruby>っているぐらいなら、<ruby>少<rt>すこ</rt></ruby>し<ruby>薬<rt>くすり</rt></ruby>を<ruby>飲<rt>の</rt></ruby>んで<ruby>様子<rt>ようす</rt></ruby></u> ◁ 關鍵句
<u>を<ruby>見<rt>み</rt></ruby>てからでも<ruby>遅<rt>おそ</rt></ruby>くないとは<ruby>思<rt>おも</rt></ruby>います。</u>でも<ruby>治<rt>なお</rt></ruby>るまでは<ruby>お酒<rt>さけ</rt></ruby>は
<ruby>控<rt>ひか</rt></ruby>えてください。<ruby>仕事<rt>しごと</rt></ruby>は<ruby>休<rt>やす</rt></ruby>むまでもないでしょう。ただ、<ruby>胃<rt>い</rt></ruby>の
③
<ruby>具合<rt>ぐあい</rt></ruby>いかんによらず*、<ruby>禁煙<rt>きんえん</rt></ruby>はしましょう。

M：はい、がんばります。

□ なんだか 總覺得

□ <ruby>血液検査<rt>けつえきけんさ</rt></ruby> 驗血

□ レントゲン【(德)Rontgen】X光

□ <ruby>禁煙<rt>きんえん</rt></ruby> 禁菸

□ <ruby>禁酒<rt>きんしゅ</rt></ruby> 禁酒

<ruby>患者<rt>かんじゃ</rt></ruby>はこれから<ruby>何<rt>なに</rt></ruby>をしますか。

1 <ruby>薬<rt>くすり</rt></ruby>を<ruby>飲<rt>の</rt></ruby>みながらしばらく<ruby>様子<rt>ようす</rt></ruby>をみる

2 <ruby>薬<rt>くすり</rt></ruby>を<ruby>飲<rt>の</rt></ruby>んでから<ruby>検査<rt>けんさ</rt></ruby>を<ruby>受<rt>う</rt></ruby>ける

3 すぐ<ruby>総合病院<rt>そうごうびょういん</rt></ruby>に<ruby>行<rt>い</rt></ruby>く

4 <ruby>仕事<rt>しごと</rt></ruby>を<ruby>休<rt>やす</rt></ruby>んで<ruby>禁酒<rt>きんしゅ</rt></ruby>、<ruby>禁煙<rt>きんえん</rt></ruby>する

翻譯與解題

もんだい ❶

もんだい 2

もんだい 3

もんだい 4

もんだい 5

（5）

醫師和病患正在醫院裡談話。請問病患接下來會怎麼做呢？

F：請問是哪裡不舒服嗎？

M：前陣子的感冒似乎已經好了，可是總覺得沒什麼食慾，胸口也隱隱作痛……。

F：我幫您聽一下心音，……嗯。接下來請張開嘴巴説「啊──」，把嘴巴張大一點。

M：啊──。

F：好了。……上次幫您開的藥已經全部吃完了吧？

M：吃完了。

F：感冒好像還沒有痊癒。您擔心的話，要不要轉介綜合醫院做進一步的檢查？如果您覺得去抽個血、照張Ｘ光比較安心，我可以幫您寫轉診單。

①醫生提到要轉介病患到綜合醫院。

M：情況已經糟到非去做檢查不可了嗎？這麼一來就必須要請假。

②病患提到要做檢查就必須得向公司請假，這樣不方便。

F：不用，既然現在還能照常上班，我想可以暫時吃藥繼續觀察，如果沒有改善，再去也不遲。但是在痊癒之前請盡量不要喝酒。目前應該用不著向公司請假。不過，無論*胃部不舒服的狀況有沒有緩解，還是請您不要抽菸。

③醫生建議先吃藥繼續觀察，如果沒有改善再去做檢查。

M：好的，我會努力遵照醫師説的去做。

Answer 1

請問病患接下來會怎麼做呢？

1 繼續吃藥觀察情況

2 吃藥後再接受檢查

3 馬上去綜合醫院

4 向公司請假，禁菸禁酒

選項2，並沒有決定吃藥後就去做檢查。而是吃藥繼續觀察，如果沒有改善再去做檢查。

選項4，醫生提到用不著向公司請假，但是請不要喝酒、抽菸。

*～いかんによらず＝無論～（不管～如何。「胃の具合いかんによらず」是"不管胃部的症狀是否緩解"的意思。）

●●●ラウンド 翻譯與解題 (6)

〔1-16〕

6番

男の人と女の人がスポーツ用品店で話しています。女の人は何を買いますか。

F：何を買えばいいかな。

M：スキーの道具と、スキー靴はあっちで借りるとして、着るもの〔1〕はどうする？安いの買っとく？　<關鍵句

F：うーん、もう二度としたくないって思うかもしれないし、ちょっと考える。妹の借りてもいいし。でも、靴下はいるよね。〔2〕〔3〕　<關鍵句

M：そうだね。手袋はぬれちゃうし、靴下も、一応セール品買っといたら。

F：ああ、手袋は妹の借りてく*。靴下は普段も履けそうだから買う。〔4〕〔5〕ああ、あと、帽子はいるかな。　<關鍵句

M：毛糸のでもなんでもいいんだけどね。脱げさえしなければ。

F：じゃ、いいや。家になんかありそうだから。そのかわりスキーパンツぐらいはここで買っとくよ。何回も転びそうだし。〔6〕〔7〕　<關鍵句

M：確かに、初心者はいっぱい転ぶよ。じゃあ、今は、…。

□ スキー【ski】滑雪
□ セール【sale】特價
□ 履く 穿
□ 毛糸 毛線
□ 転ぶ 跌倒

女の人は何を買いますか。

1　スキー靴と靴下
2　手袋と靴下
3　靴下とスキーパンツ
4　帽子とスキーパンツ

翻譯與解題

もんだい ❶

もんだい 2

もんだい 3

もんだい 4

もんだい 5

（6）

男士和女士正在運動用品店裡討論。請問女士要買什麼東西呢？

F：我該買什麼才好呢？

M：滑雪的裝備和滑雪靴都可以在那邊租用，身上穿的呢？要不要買便宜一點的？

F：這個嘛，說不定滑過以後再也不想去第二次了，我還在猶豫。也可以借我妹的來穿。不過，至少需要準備襪子吧。

M：是啊。手套會弄濕，還有襪子也買特價品就可以了。

F：喔，手套會向我妹借＊。襪子應該平常也有機會穿，那就買吧。對了，帽子需要嗎？

M：毛帽或其他材質的帽子統統可以。只要夠緊，不會掉下來就好。

F：那就不買了，家裡應該有。不過，我要在這裡買滑雪褲。我猜大概會摔好幾次。

M：沒錯，初學者會一直跌倒。那，現在要買的是……。

①滑雪的裝備和滑雪靴：在滑雪場租借。

②滑雪裝：還在猶豫該怎麼辦。也可以借妹妹的來穿。

③⑤襪子：原則上先購買。對話中提到應該平常也有機會穿。

④手套：向妹妹借。

⑥帽子：家裡應該有。

⑦滑雪褲：決定在這家店買。

Answer **3**

請問女士要買什麼東西呢？

1　滑雪靴和襪子

2　手套和襪子

3　襪子和滑雪褲

4　帽子和滑雪褲

因此，要買的有襪子和滑雪褲。

＊借りてく＝去借（是「借りていく」的省略說法。常用於口語說法。）

N1 聴力模擬考題　問題1　第三回　(1-17)

問題1では、まず質問を聞いてください。それから話を聞いて、問題用紙の1から4の中から、最もよいものを一つ選んでください。

(1-18) 例　【答案詳見：230頁】　答え：① ② ③ ④

1　タクシーに乗る

2　飲み物を買う

3　パーティに行く

4　ケーキを作る

(1-19) 1番　【答案跟解説：042頁】　答え：① ② ③ ④

1　薄地のジャケットを買う

2　今日中に資料の印刷をする

3　富士工業に請求書を送る

4　企画書を書いて松井設計に出す

(1-20) 2番　【答案跟解説：044頁】　答え：① ② ③ ④

1　やきそば

2　ラーメン

3　カレー

4　お弁当

模擬試題

もんだい

❶

もんだい

2

もんだい

3

もんだい

4

もんだい

5

(1-21) 3番 【答案詳見：046頁】　　　　　　答え：① ② ③ ④

1 洋服
2 帽子
3 靴
4 靴下

(1-22) 4番 【答案詳見：048頁】　　　　　　答え：① ② ③ ④

1 本社へ行く
2 薬局へ行く
3 会社の1階にある医院へ行く
4 自宅の近くの内科へ行く

(1-23) 5番 【答案詳見：050頁】　　　　　　答え：① ② ③ ④

1 茶
2 赤
3 黄色
4 紺

(1-24) 6番 【答案詳見：052頁】　　　　　　答え：① ② ③ ④

1 病院へ行って薬をもらう
2 デスクワークを減らす
3 スポーツクラブへ行く
4 家から駅までバスに乗るのをやめて歩く

問題1では、まず質問を聞いてください。それから話を聞いて、問題用紙の1から4の中から、最もよいものを一つ選んでください。

1番

会社で、男の人と女の人が出張について話しています。女の人は男の人に何を頼まれましたか。

F：出発、明日でしたっけ。準備は終わりましたか。

M：はい、ほんの三日なので身軽にします。さっき印刷を頼んだ資料を持って行くから、それがかさばるぐらいかな。着るものも夏物でいいし。ジャケットはどうしようかな。

F：マレーシアはどこでもエアコンがきいているから、薄い生地のジャケットは役に立ちますよ。飛行機の中も寒いし。室内で会議の時にもいりますから。

M：薄地のやつは持ってないな。どこかで買って行きます。あ、明後日、請求書を富士工業に送っといてください。もう変更はないですから。 ← 關鍵句 [1]

F：はい。わかりました。田島建設との連絡やら、松井設計に出す企画書やら、いろいろたまってるみたいですけど、何かやっておきましょうか。

M：あ、それはいいです。僕があっちからできるんで。

F：わかりました。

□ 身軽 輕便；輕鬆

□ かさばる 體積大；重；貴

□ 生地 質地

□ たまる 積壓

女の人は男の人に何を頼まれましたか。

1 薄地のジャケットを買う
2 今日中に資料の印刷をする
3 富士工業に請求書を送る
4 企画書を書いて松井設計に出す

翻譯與解題

もんだい

❶

もんだい 2

もんだい 3

もんだい 4

もんだい 5

第一大題。請先聽每小題的題目，接著聽完對話，再從答案卷上的選項1到4當中，選出最佳答案。

（1）

男士和女士正在公司裡討論出差的事。請問男士請女士幫忙了什麼事呢？

F：我記得你明天出發吧，行李打包好了嗎？

M：是明天沒錯。只去三天，沒什麼行李。剛才麻煩妳印的資料要帶去，頂多這一樣比較佔位置而已。衣物也帶夏天的就好，只是不知道該不該帶件外套。

F：馬來西亞到處都把冷氣溫度調得很低，所以最好帶件薄外套喔。飛機上也很冷，而且在室內開會時同樣派得上用場。

M：我沒有薄外套，買一件帶去吧。對了，後天麻煩把請款單送到富士工業，已經定案了。

F：好，我知道了。你是不是還得和田島建設聯絡、做松井設計的企劃書等等，這些還沒處理完的工作，需要我幫忙嗎？

M：喔，不用，我在國外處理就行了。

F：好的。

> ①男士請女士幫忙的是，後天把請款單送到富士工業。

-------- Answer **3**

請問男士請女士幫忙了什麼事呢？

1　買薄外套

2　在今天內印好資料

3　把請款單送到富士工業

4　寫好企畫書並移交松井設計

> 選項1，男士提到要去買一件薄外套。

> 選項2，女士已經把資料印好了。

> 選項4，男士說企畫書在國外處理就行了。

2番^{ばん}

家で父親と娘が話しています。二人はこれから何を食べますか。

M：ああ、お腹すいたなあ。お母さん、まだ帰ってきそうにないから、なんか食べよう。

F：ええっ、お父さんが作るの？何を？

M：まあ、ラーメンかやきそばぐらいかな。

F：夕ご飯にラーメンって、どうかなあ。私、作るよ、カレーかなんか。ジャガイモ、ニンジン…あれ、玉ねぎがない。それにお肉も…これしかない。

M：それじゃ無理だな。お弁当でも買ってこようか。

F：…あれ、テーブルの上にお母さんのメモがある。カレーが冷凍 <關鍵句
してあります…って。①

M：なんだ。

F：よかったねー。助かった。雨も降ってきたし、コンビニまで歩くと結構あるから。

M：ひさしぶりに弁当も食べたかったけど。ま、いいや。さっそく <關鍵句
食べよう。②

F：お父さん、ぜいたくー。

□ やきそば 炒麺

□ ジャガイモ 馬鈴薯

□ ニンジン 胡蘿蔔

□ 玉ねぎ 洋蔥

□ ぜいたく 奢侈

二人はこれから何を食べますか。

1　やきそば

2　ラーメン

3　カレー

4　お弁当

翻譯與解題

もんだい

❶

もんだい

2

もんだい

3

もんだい

4

もんだい

5

（2）

爸爸和女兒正在家裡交談。請問他們兩人接下來要吃什麼呢？

M：哎，肚子好餓啊。媽媽好像沒那麼快回來，我們先吃點東西吧。

F：嗄，爸爸煮哦？要煮什麼？

M：這個嘛，我也只會煮拉麵或炒麵之類的吧。

F：晚餐吃拉麵，不太好吧。我來做咖哩飯好了。馬鈴薯、紅蘿蔔……咦，沒有洋蔥！肉呢……也只剩這一點點了。

M：那就沒辦法做了。我去買便當吧？

F：……咦，桌上有媽媽留的字條──煮好的咖哩在冷凍室裡。

M：原來已經煮好了哦！

F：太好了，不用那麼麻煩了！外面開始下雨，要到便利超商還得走上好長一段路。

M：本來還想難得趁這個機會嚐嚐便當。沒關係，這樣也好，我們趕快來吃吧！

F：爸爸太不懂得省錢了啦！

> ①②爸爸和女兒看了媽媽的留的字條後，決定要吃冰箱冷凍庫裡的咖哩。

Answer **3**

請問他們兩人接下來要吃什麼呢？

1　炒麵

2　拉麵

3　咖哩

4　便當

> 選項1、2、3，雖然父親起先建議下廚炒麵、煮拉麵，或者去買便當，但看到媽媽留的字條後，決定要吃冰箱冷凍庫裡的咖哩。

3番<ruby>ばん</ruby>

デパートのベビー用品売り場で、男の人と店員が話しています。男の人は何を買いますか。

F：いらっしゃいませ。贈り物でしょうか。

M：ええ。姪が昨日生まれたばかりで…。お祝いなんですけど、どんなのがいいのかなと思って。おもちゃじゃちょっと早いし、洋服の方がいいかなあ。

F：そうでございますね。早いことはないですけれど、お洋服は、いくらあっても困られることはないと思います。

M：そうですね。今すぐ使ってほしいし。

F：お帽子と靴下、あと靴は、こちらにあります。これからどんどん出かけられるでしょうから、<u>帽子は早めに用意された方がい</u> ◁關鍵句
　　<u>いですね</u>、暑くなりますし。お母さまによっては靴下は履かせ
　　1
　　たくないという方もいらっしゃるので。

M：ええ。足は裸足が一番ですからね。あ、これ、かわいいですね。

F：ああ、こちらとても人気があるんですよ。<u>このままだとクマさ</u> ◁關鍵句
　　<u>んのお耳で、裏返すとウサギさんになるんです。</u>
　　　　　　　　　　　　2

M：<u>へえ。いいな。じゃ、これを包んでください。</u> ◁關鍵句
　　　　　　　　　　　　　　　　3

□ 姪<ruby>めい</ruby> 姪女，外甥女
□ 早めに<ruby>はや</ruby> 盡早
□ 裸足<ruby>はだし</ruby> 赤腳
□ 裏返す<ruby>うらがえ</ruby> 翻過來

男の人は何を買いますか。

1　洋服<ruby>ようふく</ruby>
2　帽子<ruby>ぼうし</ruby>
3　靴<ruby>くつ</ruby>
4　靴下<ruby>くつした</ruby>

翻譯與解題

もんだい **1**

もんだい 2

もんだい 3

もんだい 4

もんだい 5

（３）

男士正在百貨公司的嬰兒用品專櫃和店員討論。請問男士買的是什麼呢？

Ｆ：歡迎光臨！請問要送人的嗎？

Ｍ：對，姪子昨天剛出生……。我想送個賀禮，不知道該買什麼才好。送玩具好像有點早，是不是衣服比較好呢？

Ｆ：您説得是。其實，送什麼都不嫌早，不過衣服再多也不嫌多喔。

Ｍ：是啊，我希望給他現在就用得到的東西。

Ｆ：帽子、襪子和鞋子都在這邊。接下來會有很多機會出門，而且天氣漸漸變熱，不妨提早準備帽子。至於襪子，有些媽媽盡量不讓寶寶穿。

Ｍ：對，光著腳丫最好了。啊，這個好可愛喔！

Ｆ：很可愛吧，這是暢銷款。現在這樣露出的是熊耳朵，內面翻出來則變成兔耳朵。

Ｍ：是哦，這個好！那，請幫我把這個包起來。

①②③店員展示了帽子、襪子和鞋子給男士看後，推薦了其中的帽子。男士看了可愛的帽子，也決定要購買帽子了。

Answer **2**

請問男士買的是什麼呢？

1　洋裝

2　帽子

3　鞋子

4　襪子

選項 4，店員説有些媽媽盡量不讓寶寶穿襪子。

4番

会社で男の人と女の人が話しています。男の人はこれからどこへ行きますか。

M：ゴホゴホ（咳の音）

F：大丈夫ですか？

M：なんか寒いと思ったら、喉も痛くなってきた。参ったな。

F：今日は早めに帰られた方がいいですよ。

M：いや、6時から本社で例の会議なんだ。まだ3時か…ちょっと、關鍵句
薬買ってくるよ。①

F：熱もありそうですね。1階の医院で診てもらった方がよくないですか。

M：そこまではしなくても。まあ、一応体温は計ってみよう。…ピピッ、ピピッ。ああ、結構あるな。

F：無理なさらない方がいいですよ。

M：どうせ行くなら、帰りに家の近くの内科へ行くよ。夜9時まで受け付けてるんだ。じゃ、ちょっと出て来るから頼むよ。

□ 参った 為難，傷腦筋
□ 計る 測量
□ 内科 内科
□ 本社 總公司
□ 薬局 藥局
□ 自宅 自家

男の人はこれからどこへ行きますか。

1　本社へ行く
2　薬局へ行く
3　会社の1階にある医院へ行く
4　自宅の近くの内科へ行く

翻譯與解題

もんだい ❶

もんだい 2

もんだい 3

もんだい 4

もんだい 5

（4）

男士和女士正在公司裡交談。請問男士接下來要去哪裡呢？

M：咳咳（咳嗽聲）。

F：你還好嗎？

M：有點畏寒，喉嚨也開始痛了。傷腦筋了。

F：你今天還是早點下班回家吧。

M：不行，六點要到總公司開那場會議，現在才三點喔……我先去買個藥。

F：你好像發燒了。到一樓的診所看一下比較好吧？

M：應該用不著看醫生，不過，先量個體溫也好。……嗶嗶、嗶嗶。哇，溫度蠻高的耶！

F：還是不要逞強吧。

M：既然得看醫生，我回去的路上再順便到家附近的內科吧，那裡開到晚上九點。那，我出去一下，這邊麻煩妳了。

①總公司的會議從六點開始，所以男士說要先去買藥。

Answer **2**

請問男士接下來要去哪裡呢？

1　去總公司

2　去藥局

3　去一樓的醫院

4　去自家附近的內科

選項 1，會議六點開始，現在才三點，所以男士說要先去藥局，再去總公司。

選項 3 和選項 4，因為男士說還用不著急著去一樓的醫院看病，下班後回去的路上再順便到家附近的內科就行了。

5番

メガネ店で店員と男の人が話しています。男の人はどの色の眼鏡を買いますか。

F：どのような眼鏡をお探しですか。

M：軽いのを探してるんです。今まで縁が太いものを使っていて、見た目に圧迫感があったんで。こんどは縁なしか、あっても薄い、明るい色にしたい*んです。

F：とすると、こちらはどうでしょう。縁とレンズの厚みに差がないし、しかも特殊な材質を使っているので自由に曲がるんです。

M：ああ、いいですね。圧迫感がない。

F：<u>色は、赤、茶、紺、ピンク、それに黄色とグレーの模様入り、</u> ◁ 關鍵句 [1]
　　などがあるんですが、全部透明で、とても薄い色です。

M：迷うなあ。

F：こちらに鏡がございます。肌の色に合わせて選ぶ、相手に与えたい印象に合わせて選ぶなど、いろんな方法があります。男女兼用なので、どの色もお召しにはなれますが、<u>やはりピン</u> ◁ 關鍵句
　　<u>クと赤は女性の方が良いようですね。</u> [2]

M：そうでしょうね。ただ、今までは濃い黒縁で、ちょっと厳しいような印象だったから、もっと明るくてソフトな印象にしたいんです。やはり、<u>無地の方がいいけど、紺だと学生っぽいし。</u> ◁ 關鍵句
　　[3]
　　ただ、<u>女性っぽくなっても変だし…</u>よし、これにします。 ◁ 關鍵句
　　[4]

□ 見た目 看起來，外觀
□ 圧迫感 壓迫感
□ 縁 邊框
□ レンズ【lens】 鏡片
□ 兼用 一物兩用，兼用
□ っぽい 感覺像

男の人はどの色の眼鏡を買いますか。

1　茶

2　赤

3　黄色

4　紺

翻譯與解題

もんだい ❶

もんだい 2

もんだい 3

もんだい 4

もんだい 5

（5）

店員和男士正在眼鏡行裡討論。請問男士買的是什麼顏色的眼鏡呢？

F ：請問您想找什麼樣的眼鏡呢？

M：我想找看起來不要那麼厚重的。之前都戴粗框眼鏡，看起來有種壓迫感。這次想換無框的，或者就算有框也是亮色系的細邊*。

F ：這樣的話，這支框您喜歡嗎？鏡框和鏡片厚度相同，而且使用的是特殊材質，可以自由彎折。

M：喔，這個好，沒有壓迫感！

F ：顏色有紅、褐、深藍、粉紅，還有黃色和灰色花紋相間的這幾款，全都是非常淡的透明色。

> ①～④先整理出男士想要的眼鏡。

M：該選哪一支才好呢？

F ：這裡有鏡子。選擇的方式有很多種，可以依照您的膚色挑選，或是根據想給別人什麼印象來挑選等等。這一款男女適用，什麼顏色都可以配戴，不過粉紅和紅色或許比較適合女性。

> 紅色、粉紅色：適合女性

M：我想也是。不過，以前都戴深黑框，給人有點嚴肅的感覺，這次想換成比較開朗柔和的感覺。我看還是挑素色比較好，但是深藍的太學生氣，而女性化的又有點怪……好，我挑這支。

> 深藍色：太學生氣

> 花紋相間：還是挑素色比較好

Answer **2**

請問男士買的是什麼顏色的眼鏡呢？

1　褐色　　　　2　紅色
3　黃色　　　　4　深藍色

> 因此，男士買了褐色的眼鏡。

＊縁なしか、あっても薄い、明るい色＝無框的，或者就算有框也是亮色系的細邊（意思是無框、或是亮色細框。）

6番

男の人と女の人が家で話をしています。男の人は今朝から何を始めますか。

M：ごちそうさま。

F：あれ、もう食べないの？

M：最近あまり食欲がなくて。夜もよく眠れないし。あー（あくびの音）、眠いなあ。

F：座ってばかりの仕事だとそうなるんだって、テレビで言ってたよ。それに、寝る直前までパソコンとかスマートフォンを見ていても眠りにくくなるとか。

M：パソコンやスマートフォンの画面から出る光のせいだと言うんだろう。そうは言ってもなあ。

F：じゃ、スポーツクラブに入る？あと、ちょっと走ってみたら？

M：えっ、急に走ったりしたらまずいんじゃない？それに、そんな時間ないよ。病院に行ってみようかな。

F：バスをやめてみるとか、ひと駅前で降りて歩くとかは？病院に行けば薬をもらうぐらいしかないだろうけど、その前に体を動かしてみた方がいいような気がする。　◁關鍵句 ①

M：うん。それもそうだね。よし、今朝からさっそくやってみよう。　◁關鍵句 ②
そうすると、…おっ、もう出かけた方がいいな。

□ あくび 哈欠

□ さっそく 馬上

□ デスクワーク【desk work】事務工作

男の人は今朝から何をしますか。

1　病院へ行って薬をもらう

2　デスクワークを減らす

3　スポーツクラブへ行く

4　家から駅までバスに乗るのをやめて歩く

翻譯與解題

もんだい ❶

もんだい 2

もんだい 3

もんだい 4

もんだい 5

（6）

男士和女士正在家裡聊天。請問男士從今天早上開始要做什麼呢？

M：我吃飽了。

F：咦，不吃了？

M：最近沒什麼食慾，晚上也睡不好。哈嗚（呵欠聲），好睏喔。

F：電視上說，一整天都坐著工作就會這樣。還有，直到睡覺前一刻還在看電腦或看手機，也會導致不容易入睡。

M：那些專家說原因出在電腦和手機的螢幕發出的光線吧？話是這麼說，可是也沒法不看啊。

F：那，要不要上健身房？還有，稍微跑跑步？

M：嘎，之前沒練就突然跑步不是對身體不好嗎？而且我也沒那麼多時間。是不是該去一趟醫院呢？

F：不然就別搭公車，或是提前一站下車？我覺得上醫院頂多也只能拿藥回來吃，不如先試著動一動比較好。

M：嗯，妳說得有道理。好，立刻從今天早上開始行動。這樣的話……啊，我得趕快出門了！

> ①②聽了女士的建議後，男士說要從今天早上開始試著走路到車站。

Answer ▶ 4

請問男士從今天早上開始要做什麼呢？

1　去醫院領藥

2　減少事務工作

3　上健身房

4　不搭公車，而是走路去車站

Memo

ポイント理解

在聽取完整的會話段落之後，測驗是否能夠理解其內容（依據剛才已聽過的提示，測驗是否能夠抓住應當聽取的重點）。

考前要注意的事

▶ 作答流程 & 答題技巧

聽取說明	先仔細聽取考題說明

| 聽取問題與內容 | 測驗目標是在聽取兩人對話或單人講述之後，測驗能否抓住對話的重點、理解事件裡原因、目的，或說話人的心情。選項會印在考卷上。

內容順序一般是「提問 ➡ 對話(或單人講述) ➡ 提問」預估有 7 題左右

1 首先確認選項的意思。

2 要邊看選項邊聽對話。提問時常用疑問詞，特別是「どうして」（為什麼）。首先必須理解問題內容，然後集中精神聽取文章中的重點，排除不需要的干擾訊息。

3 注意選項與對話中換句話說的表達方式。 |

答題	再次仔細聆聽問題，選出正確答案

N1 聴力模擬考題　問題2　第一回　(2-1)

問題2では、まず質問を聞いてください。そのあと、問題用紙のせんたくしを読んでください。読む時間があります。それから話を聞いて、問題用紙の1から4の中から最もよいものを一つ選んでください。

(2-2) 例　【答案詳見：231頁】　答え：① ② ③ ④

1　パソコンを使い過ぎたから

2　コーヒーを飲みすぎたから

3　部長の話が長かったから

4　会議室の椅子が柔らかすぎるから

(2-3) 1番　【答案跟解説：060頁】　答え：① ② ③ ④

1　相手の男の人に対して申し訳ない

2　杉本さん一人でこの仕事ができるか心配

3　杉本さんに仕事をさせるのはかわいそうだ

4　相手の男の人に不信感を持っている

(2-4) **2番** 【答案詳見：062頁】　　　　　答え：①②③④

1　夫が帰るのを待っている

2　息子が帰るのを待っている

3　管理会社の人が来るのを待っている

4　お客が来るのを待っている

(2-5) **3番** 【答案詳見：064頁】　　　　　答え：①②③④

1　友達の夫

2　昔の同僚

3　昔の恋人

4　大学の先輩

1 料理がまずかったこと

2 料理を間違えていたこと

3 態度が悪い店員がいたこと

4 料理が来るのが遅かったこと

1 コンビニ

2 美容院

3 喫茶店

4 学習塾

2-8 6 **番** 【答案詳見：070 頁】   答え：①②③④

1 目的地まで歩く
2 反対側のバスに乗る
3 地下鉄の駅まで歩く
4 タクシーを呼ぶ

2-9 7 **番** 【答案詳見：072 頁】   答え：①②③④

1 女子学生の本を借りたい
2 女子学生が参考にしたページのコピーを見せてほしい
3 女子学生にレポートを書いてほしい
4 女子学生の出したレポートを読ませてほしい

問題2では、まず質問を聞いてください。そのあと、問題用紙のせんたくしを読んでください。読む時間があります。それから話を聞いて、問題用紙の1から4の中から最もよいものを一つ選んでください。

1番

会社で男の人と女の人が話しています。女の人はどんな気持ちですか。

F：あの、これでよかったんでしょうか。もともと < 關鍵句1
　　は私が言い出したことなんですが。

M：杉本さんのこと？

F：ええ。確かに彼女は、知識はありますが、経験が
　　少ないので全部まかせてよかったのかと思って。 < 關鍵句2

M：確か、杉本さんは入社一年目ですよね。< 關鍵句3

F：はい。そうですが、まだ一人で担当したことは < 關鍵句4
　　なかったと思います。

M：何か今までに大きいミスでもしたことがあるんですか？それとも本人がいやがっていたとか？

F：そういうわけではないんですが、先方は昔から
　　取り引きしていただいている会社ですし。

M：じゃ、これからも僕がたびたび状況を聞くようにするよ。何かあったらすぐ手が打てるように。

F：そうですか…。今からだれか彼女と一緒に担当
　　をさせるのは…無理ですよね。

□ もともと 原本
□ 言い出す 説出口
□ 担当 負責
□ 先方 對方
□ 取り引き 交易
□ 不信感 不信任感

女の人はどんな気持ちですか。
1　相手の男の人に対して申し訳ない
2　杉本さん一人でこの仕事ができるか心配
3　杉本さんに仕事をさせるのはかわいそうだ
4　相手の男の人に不信感を持っている

翻譯與解題

もんだい 1

もんだい ❷

もんだい 3

もんだい 4

もんだい 5

第二大題。請先聽每小題的題目,再看答案卷上的選項。此時會提供一段閱讀時間。接著聽完對話,再從答案卷上的選項 1 到 4 當中,選出最佳答案。

（1）

男士和女士正在公司裡討論,請問女士的心情如何呢?

F：請問,這樣安排真的可以嗎?雖然一開始是我提議的。

M：妳是指杉本小姐嗎?

F：是。她的確擁有豐富的專業知識,但是經驗還不夠,我不確定是否應該讓她獨當一面。

M：我記得杉本小姐進公司還不到一年吧?

F：是的,未滿一年,而且還不曾單獨負責客戶。

M：她進公司以後,曾經犯過嚴重的失誤嗎?還是她本人說不想接下這項工作?

F：倒沒有您說的情況,但畢竟對方公司是和我們往來已久的老客戶。

M：那,以後我盡量多關心有無異狀吧。萬一發生什麼狀況,也好即時補救。

F：這樣嗎⋯⋯。事到如今再多指派一個人和她搭檔負責⋯⋯大概沒辦法這樣安排了吧?

①②③女士正在擔心,把這份工作全交給進入公司未滿一年、還沒單獨負責過客戶的杉本小姐是否妥當。

Answer **2**

請問女士的心情如何呢?

1 對談話對象的男士感到抱歉

2 對於杉本小姐是否能獨自勝任這份工作感到擔心

3 覺得被交付工作的杉本小姐很可憐

4 對談話對象的男士抱持著不信任感

選項 1 和選項 4,女士並沒有對男士抱持任何情緒。

選項 3 女士並沒有認為杉本小姐可憐。

2番

道で男の人と女の人が話しています。女の人は何を待っていますか。

M：ああ、長谷川さん。どうしたんですか。

F：ええ、主人が家のカギを持って出てしまって。しかたないからマンションの管理会社に頼んだんですよ。そしたら鍵屋さんが来てくれるっていうんで…。でも、カギを換えるとなるとお値段が馬鹿にならない*から、なんとか主人が先にもどってくれないかって思って待っているんだけど。 関鍵句

M：それは困りましたね。息子さんの携帯には連絡したんですか。

F：ええ。でもメールもつながらなくて。もしかして、充電が切れているんじゃないかと思うんです。ああ、もうすぐお客さんも来るし、困った…。

□ 管理会社 管理公司

□ なんとか 無論如何；想辦法

□ 主人 丈夫

□ つながる 連接

女の人は何を待っていますか。

1　夫が帰るのを待っている
2　息子が帰るのを待っている
3　管理会社の人が来るのを待っている
4　お客が来るのを待っている

翻譯與解題

もんだい 1

もんだい ❷

もんだい 3

もんだい 4

もんだい 5

（2）

男士和女士正在路邊交談。請問女士正在等什麼呢？

M：咦，長谷川太太，怎麼了嗎？

F：是呀，我先生把家裡的鑰匙帶走了，我沒辦法進門，只好找大廈的管理公司求救，結果他們說會派鎖匠過來……。可是，如果把整副鎖換掉，一定要花上一大筆錢*，我想還是站在這裡等等看，說不定先生會比鎖匠更早到家。

M：那真是急死人了。打過您兒子的手機了嗎？

F：打過了，可是連簡訊都沒辦法聯絡上。我猜他的手機可能沒電了。唉，客人馬上要來了，實在傷腦筋……。

①雖然安排了鎖匠過來換鎖，但女士心裡真正希望的，還是丈夫趕快回來開門。

Answer 1

請問女士正在等什麼呢？

1　等待丈夫回來

2　等待兒子回來

3　等待管理公司的人過來

4　等待客人過來

選項 2，雖然打過兒子的電話，但並沒有在等他回來。

選項 3，管理公司並沒有要過來。

選項 4，還沒辦法開門進去家裡之前，如果客人來了會很傷腦筋，所以並沒有在等客人。

*馬鹿にならない＝不容小覷（無法輕視。例句：私立の学校は、入学金だけでも馬鹿にならない／私立學校光是學費就不容小覷。）

3番

電車の中で男の人と女の人が話しています。男の人は、女の人にとってどんな関係の人ですか。

M：こんなところでお会いするなんて、すごい偶然ですね。

F：ええ。結婚式以来ですね。あゆみ、あ、奥さんは 元気ですか。 ◁ 關鍵句
[1]

M：おかげさまで。今また、バスケットボールを始めたんですよ。

F：へえ…。小田さんも続けてらっしゃるんですか。

M：ええ。高校に入ってからですから、もう10年以上やってますね。大学でもずっとやってました。で、今は会社のチームで。

F：ああ、じゃ、高校の大会で初めてお会いした頃は、 ◁ 關鍵句
まだ始めたばかりだったんですね。
[2]

M：そうですよ。だから、まだ下手くそだったでしょ。

F：いえ、いえ、とんでもない。あゆみと、かっこい ◁ 關鍵句
いね、って話してたんですよ。バスケットボールって楽しいですよね。私も地元のチームで三年前までやってたんですけど、もうすぐ二人目で…。
[3]

M：それはおめでとうございます。にぎやかになりますね。

F：あ、私、ここで失礼します。あゆみによろしく伝えてください。

□ 偶然 偶然

□ おかげさまで
托您的福

□ とんでもない
哪裡的話

男の人は、女の人にとってどんな関係の人ですか。

1 友達の夫
2 昔の同僚
3 昔の恋人
4 大学の先輩

翻譯與解題

もんだい 1

もんだい ❷

もんだい 3

もんだい 4

もんだい 5

（3）

男士和女士正在電車裡聊天。請問對女士而言，男士具有什麼樣的身分呢？

M：真巧，沒想到會在這種地方碰到面！

F：是呀，上次見面是在婚禮上吧？亞由美，呃，您太太好嗎？

M：託您的福。現在她又開始打籃球了喔。

F：是哦……。小田先生您也繼續打球嗎？

M：是啊。從上高中開始到現在，已經打球超過十年了，大學時代也沒有中斷。然後，現在又加入公司的球隊了。

F：哦，這麼說，我在高中那場大賽第一次見到您的時候，才剛開始打球吧？

M：是啊。所以囉，我那時候打得很差吧？

F：不不不，您太客氣了。我那時還跟亞由美講過，您在球場上好帥喔。打籃球真的很開心，我到三年前還參加地方上的球隊，但是老二快生了，只好……。

M：恭喜恭喜！家裡愈來愈熱鬧囉！

F：啊，我先走一步，請代向亞由美問候一聲。

①②③「あゆみ、あ、奥さんは元気ですか／亞由美，呃，您太太好嗎」由這句話可知，女士和亞由美是朋友。兩人高中時在籃球大賽中認識男士，之後，男士和亞由美結婚了。

也就是說，男士是女士的好友亞由美的丈夫。

·· Answer **1**

請問對女士而言，男士具有什麼樣的身分呢？

1　朋友的丈夫

2　以前的同事

3　以前的情人

4　大學的學長

選項 2 和選項 4，因為對話中提到女士和男士是在高中的大賽第一次相遇，因此兩人的關係並非以前的同事或學長學妹。

選項 3，雖然女士提到在高中的大賽中見到男士時，和亞由美說了「かっこいい／好帥」，但兩人並不是情侶。

4番

店員と客が話しています。客はなぜ残念だと言っていますか。

F：あの、あと何分ぐらいかかりますか。

M：はい、ただいま…。大変お待たせいたしました。こちら、春野菜と季節の魚のてんぷらでございます。

F：え？春野菜のてんぷらと季節の刺身をお願いしたんだけど。ああ、でも、まあいいです。

M：大変申し訳ありません。ただいま…。

F：もう時間がないんで、そのままでいいですよ。

M：申し訳ありません。

F：こんなに混んでいるから、待たされるのは仕方ないけど、さっき催促したら別の店員さんに、お待ちください、と不愛想に言われただけで、どうなってるのかさっぱりわからなくて。ここはサービスがいいと思っていたのに残念でした。①   關鍵句

M：そうでございましたか。大変失礼をいたしました。後ほど、きびしく注意いたします。申し訳ありません。

□ 混む 擁擠，混亂
□ 仕方ない 沒辦法，不得已
□ 催促 催促
□ 不愛想 不親切
□ さっぱり 完全，徹底
□ 後ほど 一會兒後

客はなにが一番残念だと言っていますか。

1　料理がまずかったこと
2　料理を間違えていたこと
3　態度が悪い店員がいたこと
4　料理が来るのが遅かったこと

翻譯與解題

もんだい 1

もんだい ❷

もんだい 3

もんだい 4

もんだい 5

（4）

店員和顧客正在交談。請問顧客為什麼說可惜呢？

Ｆ：請問一下，還要等大約幾分鐘呢？

Ｍ：立刻就為您上菜……。讓您久等了，這是酥炸春季蔬菜及當季鮮魚。

Ｆ：咦？我點的是酥炸春季蔬菜和當季生魚片。啊，不過，就吃這道沒關係。

Ｍ：非常抱歉，馬上為您換菜……。

Ｆ：我時間有點趕，這樣就好了。

Ｍ：很抱歉。

Ｆ：客人這麼多，難免需要等菜，可是我剛才問另一個店員能不能快點上菜，結果他臭著臉只扔下一句請等一下，讓人一頭霧水。我本來以為這裡的服務很周到，太遺憾了。

Ｍ：居然有這樣的事！實在萬分抱歉。我等一下一定會嚴格訓誡員工，真的很抱歉。

①客人原本以為這家店服務周到，結果店員接待的態度冷淡，所以客人說「残念でした／太遺憾了」。

Answer 3

請問顧客說什麼是最可惜的？

1 料理很難吃

2 送錯料理

3 有態度惡劣的店員

4 送菜太慢

選項1，客人沒有提到料理好不好吃。

選項2，對於上錯菜，客人說「まあいいです／沒關係」。

選項4，客人說難免需要等菜。

5番ばん

<ruby>靴屋<rt>くつや</rt></ruby>で<ruby>男<rt>おとこ</rt></ruby>の<ruby>人<rt>ひと</rt></ruby>と<ruby>女<rt>おんな</rt></ruby>の<ruby>人<rt>ひと</rt></ruby>が<ruby>話<rt>はな</rt></ruby>しています。<ruby>女<rt>おんな</rt></ruby>の<ruby>人<rt>ひと</rt></ruby>は
<ruby>何<rt>なに</rt></ruby>を<ruby>探<rt>さが</rt></ruby>していますか。

F：あのう、ちょっとうかがいたいんですが。

M：はい、いらっしゃいませ。

F：こちらの<ruby>隣<rt>となり</rt></ruby>にコンビニがあったと<ruby>思<rt>おも</rt></ruby>うんです
　　けど、なくなってしまったんですか。

M：ええ、あったんですが、<ruby>去年<rt>きょねん</rt></ruby>、ビルごと*な
　　くなっちゃったんですよ。

F：その<ruby>店<rt>みせ</rt></ruby>の<ruby>三階<rt>さんがい</rt></ruby>に<ruby>学習塾<rt>がくしゅうじゅく</rt></ruby>や<ruby>喫茶店<rt>きっさてん</rt></ruby>や、<ruby>美容院<rt>びよういん</rt></ruby>が
　　あったと<ruby>思<rt>おも</rt></ruby>いますが、どちらかへ<ruby>移転<rt>いてん</rt></ruby>された
　　んでしょうか。

M：ビルに<ruby>入<rt>はい</rt></ruby>っていた<ruby>店<rt>みせ</rt></ruby>は、<ruby>経営者<rt>けいえいしゃ</rt></ruby>の<ruby>方<rt>かた</rt></ruby>も<ruby>結構<rt>けっこう</rt></ruby>み
　　なさんお<ruby>年<rt>とし</rt></ruby>だったんで、やめちゃったんじゃ
　　ないかなあ。…<ruby>学習塾<rt>がくしゅうじゅく</rt></ruby>とか、<ruby>写真屋<rt>しゃしんや</rt></ruby>さんとかね。

F：そうですか。<u>せっかく<ruby>久<rt>ひさ</rt></ruby>しぶりに<ruby>髪<rt>かみ</rt></ruby>、<ruby>切<rt>き</rt></ruby>って</u> ＜關鍵句
　　<u>もらおうと<ruby>思<rt>おも</rt></ruby>って<ruby>来<rt>き</rt></ruby>たのに</u>。①

M：<ruby>二階<rt>にかい</rt></ruby>の<ruby>喫茶店<rt>きっさてん</rt></ruby>もおいしかったから、よくみな
　　さん、どこ<ruby>行<rt>い</rt></ruby>っちゃったんですか、なんて<ruby>聞<rt>き</rt></ruby>
　　きにいらっしゃるんですけどね。

F：ほんと。あそこのコーヒー、おいしかったです
　　よね。…すみません。ありがとうございました。

□ ごと　連同
□ <ruby>移転<rt>いてん</rt></ruby> 遷移・搬家

<ruby>女<rt>おんな</rt></ruby>の<ruby>人<rt>ひと</rt></ruby>はどこに<ruby>行<rt>い</rt></ruby>くつもりでしたか。

1　コンビニ
2　<ruby>美容院<rt>びよういん</rt></ruby>
3　<ruby>喫茶店<rt>きっさてん</rt></ruby>
4　<ruby>学習塾<rt>がくしゅうじゅく</rt></ruby>

翻譯與解題

もんだい 1

もんだい ❷

もんだい 3

もんだい 4

もんだい 5

（5）

男士和女士正在鞋店裡交談。請問女士正在找什麼呢？

Ｆ：不好意思，我想請問一件事。

Ｍ：歡迎光臨！您請説。

Ｆ：我記得隔壁本來有一家超商，已經結束營業了嗎？

Ｍ：是啊，原本有，但是去年整棟樓*都拆除了。

Ｆ：那家超商的三樓有才藝班、咖啡廳和髮廊，請問搬
　　到哪裡了呢？

Ｍ：之前開在那棟樓裡的店家，因為老闆年紀都相當大
　　了，我想大概已經把店收了吧，……例如才藝班和
　　相館那幾家。

Ｆ：這樣喔。好久沒來這裡剪頭髮了，今天是特地來一
　　趟的。

Ｍ：二樓那家咖啡廳的餐點也很好吃，常常都有人來問
　　搬到哪裡去了。

Ｆ：對對對，那裡的咖啡真的非常香醇！……不好意
　　思，謝謝您。

> 鞋店的男士説，有超商的那棟大樓已經被拆除了，原本開在三樓的才藝班和髮廊也都收了。女士聽了之後説她是特地來這裡剪頭髮的。

Answer 2

請問女士原本打算去哪裡？

1　便利商店　　　　　2　髮廊

3　咖啡廳　　　　　　4　補習班

> 選項 1、3、4，超商、咖啡廳、才藝班原本都開在那棟大樓裡，但大樓已經被拆除了。

＊ビルごと＝整棟樓（大樓的全部。「ごと／連同」是指包含自身在內的全部。例句：それ、お皿ごと持ってきて／把那個盤子整個端過來。）

6番 _{ばん}

_{おとこ}男の人_{ひと}と女_{おんな}の人_{ひと}がバス停_{てい}で話_{はな}しています。男_{おとこ}の人_{ひと}はこれからどうしますか。

M：バス、もう行_いっちゃったんでしょうか。

F：ええ。私_{わたし}三分_{さんぷん}ほど前_{まえ}に来_きたんですけど、ちょうど出_でたところでしたよ。

M：次_{つぎ}のバスまでまだだいぶありますね。反対側_{はんたいがわ}に行_いく方_{ほう}は、どんどん来_きてるけど、あっちの駅_{えき}に行_いくとかなり遠回_{とおまわ}りだし。

F：ええ。歩_{ある}いた方_{ほう}が早_{はや}いかもしれませんね。駅_{えき}までだったら。

M：私_{わたし}は、その先_{さき}まで行_いくので…困_{こま}ったな。タクシーもなかなか来_こないみたいだし。 關鍵句 ①

F：まあ、少_{すこ}し歩_{ある}けば地下鉄_{ちかてつ}の駅_{えき}もありますけどね。タクシーは、ここで待_まっててても全然_{ぜんぜん}来_こないですよ。 關鍵句 ②

M：そうなんですか。しょうがないから電話_{でんわ}で頼_{たの}もう。…あ、駅_{えき}まで一緒_{いっしょ}に乗_のっていらっしゃいますか。 關鍵句 ③

F：あ、私_{わたし}はいいです。急_{いそ}いでいないので。

□ 反対側_{はんたいがわ} 對面，對向
□ 遠回_{とおまわ}り 繞路

_{おとこ}男の人_{ひと}はこれからどうしますか。

1 目的地_{もくてきち}まで歩_{ある}く
2 反対側_{はんたいがわ}のバスに乗_のる
3 地下鉄_{ちかてつ}の駅_{えき}まで歩_{ある}く
4 タクシーを呼_よぶ

翻譯與解題

もんだい 1

もんだい ❷

もんだい 3

もんだい 4

もんだい 5

（6）

男士和女士正在巴士站牌處交談。請問男士接下來要做什麼呢？

M：請問巴士已經開走了嗎？

F：對，我大概三分鐘前來的，剛好目送巴士開走。

M：下一班車還要等很久吧。對向的巴士一班接一班來，但是如果到那邊搭，會繞一大圈才到車站。

F：是呀，要到車站的話，說不定走過去還比較快。

M：我要去的地方比車站還遠……傷腦筋了。這裡好像也很難攔得到計程車。

F：不過，稍微走一段路，就可以到地鐵站了。在這裡等計程車是絕對等不到的。

M：原來如此。沒辦法了，我打電話叫車吧。……啊，您要不要一起搭到車站呢？

F：喔，我不趕時間，沒關係。

①②聽到女士說在巴士站牌等計程車是絕對等不到的，男士於是決定打電話叫計程車。

請問男士接下來要做什麼呢？

1 走去目的地

2 搭對向的巴士

3 走去車站

4 叫計程車

Answer **4**

選項1，男士要去的地方比車站遠，要走過去有點勉強。

選項2，如果搭對向的巴士，會繞一大圈。

選項3，對話中提到走一段路就可以到地鐵站，但男士並沒說要走去那裡。

7番

男子学生と女子学生が大学で話しています。男子学生は女子学生に何を頼みましたか。

M：北川さん、もうレポート終わった？

F：とっくに。

M：あのさ、どんな資料使った？

F：だいたいが学校の図書館のだけど。

M：そうか。<u>そのコピーを、とってあるところだけでいいから、見せてくれない。</u>　　　　　　＜關鍵句

　　　　　　　　　　　　　　①

F：いいけど、何で。自分で本読まないの？

M：今からじゃ、どのページを読んだらいいかわからないし、だいいち、どの本を読んだらいいかもわからないんだよ。

F：つまり、何を読めばいいか知りたいのね。私が参考にしたものだけでいいの？

M：そうなんだよ。それを見せてもらえたらすごくありがたい。実をいえば、出したレポートを見せてほしいんだけど、それはさすがに…頼めないよね？

F：まったく。あたりまえでしょ。<u>でも、参考文献のコピーを見せるって、そんなことしていいのかなあ。</u>　　　　　　＜關鍵句

　　　　　　　②

□ ありがたい 感謝，感激
□ 実をいえば 老實說
□ さすが 到底是；不愧是；仍然
□ まったく 真是的；完全

男子学生は女子学生に何を頼みましたか。

1　女子学生の本を借りたい

2　女子学生が参考にしたページのコピーを見せてほしい

3　女子学生にレポートを書いてほしい

4　女子学生の出したレポートを読ませてほしい

翻譯與解題

もんだい 1

もんだい ❷

もんだい 3

もんだい 4

もんだい 5

（7）

男學生和女學生正在校園裡交談。請問男學生拜託了女學生什麼事呢？

M：北川同學，報告已經寫完了？

F：早就寫好了。

M：我想問一下，妳用了哪些資料？

F：大部分都是從學校的圖書館查到的。

M：是哦。<u>妳影印下來的那些資料就好，可以借我看嗎？</u>

F：可以是可以，為什麼要向我借？你自己不從書裡找嗎？

M：現在才開始找，根本不知道該從哪一頁讀起，再說，我連該讀哪一本書都不曉得啊。

F：也就是說，你想知道該讀什麼才好，對吧。只看我查的參考資料就夠了？

M：妳說得沒錯。如果願意借我那些資料，真是感激不盡！老實說，我更想向妳借已經寫好的那份報告，不過這個請求……好像太過分了吧？

F：真是的，那還用說！<u>話說回來，我到底該不該借你看參考文獻的影本呢？</u>

> ①②男學生提到「そのコピー／那些資料」，也就是說，男學生想拜託女學生借他作報告時用到的資料影本。女學生正在猶豫自己是否該答應這個要求。

Answer 2

請問男學生拜託了女學生什麼事呢？

1 想借女學生的書

2 想看女學生影印下來參考用的那些資料

3 希望女學生寫報告

4 想借女學生已經寫好的報告

> 男學生並沒有拜託選項1和選項3的內容。

> 選項4，男學生說「さすがに…頼めない／好像太過分了吧」，女學生回答「あたりまえでしょ／那還用說」。

N1 聴力模擬考題　問題 2　第二回　(2-10)

問題 2 では、まず質問を聞いてください。そのあと、問題用紙のせんたくしを読んでください。読む時間があります。それから話を聞いて、問題用紙の 1 から 4 の中から最もよいものを一つ選んでください。

(2-11) 例　【答案詳見：231 頁】　　　　答え：① ② ③ ④

1　パソコンを使い過ぎたから

2　コーヒーを飲みすぎたから

3　部長の話が長かったから

4　会議室の椅子が柔らかすぎるから

(2-12) 1 番　【答案跟解説：078 頁】　　　　答え：① ② ③ ④

1　元同僚が活躍していたから

2　期待していた契約ができないことがわかったから

3　元同僚に失礼なことを言われたから

4　契約したかった会社の担当者に会えなかったから

模擬試題

もんだい 1

もんだい ❷

もんだい 3

もんだい 4

もんだい 5

（2-13）**2番**　【答案詳見：080 頁】

1　時代ものに感動した

2　悲しい話ばかりだった

3　よく理解できたのでおもしろかった

4　内容がよくわからなかった

（2-14）**3番**　【答案詳見：082 頁】

1　帰りの電車がなくなりそうだから

2　出張が増えるから

3　仕事が増えるから

4　男の人がまじめに仕事をしないから

1 京都
2 鎌倉
3 日光
4 広島

1 宴会に行けなかったから
2 早く酔っぱらったから
3 宴会の途中で帰ったから
4 料理がおいしい店を選んだから

(2-17) 6番　【答案詳見：088 頁】　　　　　　　答え：① ② ③ ④

1　どんな場所でも早く話せるようにすること

2　ふだんから人と多く接するように心がけること

3　パソコンのソフトを使いこなすこと

4　説明する準備と練習を十分行うこと

(2-18) 7番　【答案詳見：090 頁】　　　　　　　答え：① ② ③ ④

1　日本語学校の欠席が多かったから

2　志望理由がはっきりしないから

3　学校のことをよく知らなかったから

4　緊張しすぎていたから

問題2では、まず質問を聞いてください。そのあと、問題用紙のせんたくしを読んでください。読む時間があります。それから話を聞いて、問題用紙の1から4の中から最もよいものを一つ選んでください。

1番

会社で男の人と女の人が話しています。男の人はどうしてがっかりしているのですか。

M：ああ、まいった。

F：どうしたんですか。

M：さっき、木島くんに会ったんだよ。

F：えっ、元、うちの会社にいた木島さんですか?

M：うん。産業ロボット展で展示を見ていたんだ。元気そうで、ほっとしたんだけどさ。今、大学院で介護ロボットの開発をしてるんだって。

F：よかったじゃないですか。

M：グローバルクリックサービスの矢田さんもいて、木島くんの先輩だっていうから、紹介してもらったんだ。でも、グローバルクリックはその時、_{關鍵句} 木島くんの見ていたロボットを売っている会社と契約してしまったみたいで。①

F：ええっ、うちとグローバルクリックサービスとの契約は、てっきりもう決まったものだと思っていたのに。②_{關鍵句}

□ 展示 展示
□ ほっと 放心
□ 介護 照護
□ てっきり 肯定
□ 活躍 活躍

男の人はどうしてがっかりしているのですか。
1 元同僚が活躍していたから
2 期待していた契約ができないことがわかったから
3 元同僚に失礼なことを言われたから
4 契約したかった会社の担当者に会えなかったから

翻譯與解題

もんだい

1

もんだい

❷

もんだい

3

もんだい

4

もんだい

5

第二大題。請先聽每小題的題目,再看答案卷上的選項。此時會提供一段閱讀時間。接著聽完對話,再從答案卷上的選項 1 到 4 當中,選出最佳答案。

（1）

男士和女士正在公司裡聊天。請問男士沮喪的原因是什麼呢?

M：唉,這下麻煩了。

F：怎麼了?

M：剛才見到木島先生了。

F：哦?你説的是之前在我們公司上班的那位木島先生嗎?

M：嗯。我是在產業機器人展覽會上,遇到他正在觀賞展示商品。他看起來神采奕奕,讓人放心不少。他說目前在大學的研究所裡研發照護機器人。

F：那不是很好嗎?

M：Global Click Service的矢田先生也在場,説是木島先生的學長,於是請他介紹我們認識了。問題是,Global Click那時候似乎剛剛與木島先生正在看的那家機器人公司簽約了。

F：什麼!我還以為我們公司和Global Click Service早就談妥要簽約了呀!

> 男士原本以為公司和Global Click已經談妥要簽約,卻發現對方和其他公司簽約了。男士正因此感到沮喪。

Answer **2**

請問男士沮喪的原因是什麼呢?

1　因為前同事的活躍

2　因為得知了想簽的契約簽不成了

3　因為被前同事説了無禮的話

4　因為無法見到想合作的公司負責人

> 選項 1,男士提到前同事木島先生神采奕奕,讓人放心不少。

> 對話中沒有提到選項 3 的內容。

> 選項 4,男士提到已經請木島先生介紹Global Click 的矢田先生給他認識了。

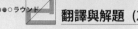

2番

歌舞伎を見た後で女の人と男の人が話をしています。男の人は今日の歌舞伎についてどう思っていますか。

F：今日の歌舞伎は、悲しい話だったよね。でも、殿様に仕える女中の役をやっていた役者さん、あんなにきれいで、声まで女そのもので、私、泣きそうになっちゃった。

M：歌舞伎、高校生の時に初めて観て以来20年ぶりだったよ。あれ、悲しい話だったの？ 關鍵句

F：今日のは、一つ目が、武士の兄弟が敵として戦ったことを書いた時代もの①、二つ目が踊りなんかが中心の所作もの、三つ目が庶民の身近な世界を演じた世話もので、私が感動したのは時代もの。

M：踊り中心のものはなんだかわかんなかったけど、三つ目は動きがあっておもしろかったな。 關鍵句

F：え？三つ目は、遊んでばかりいた不良息子②が、家を追い出されて、借金がもとで人を殺しちゃう話で、殺人現場で油まみれになったっていう話だよ。 關鍵句

M：うわあ、残酷な話だね。そのストーリー、最初③から知っていれば面白かっただろうなあ。 關鍵句

F：ということは、一番人気のある最初④のは？

M：ああ、もちろん、さっぱりだったよ。 關鍵句
⑤

□ 歌舞伎 歌舞伎
□ 殿様 老爺
□ 仕える 服侍
□ 女中 侍女
□ 武士 武士
□ 庶民 老百姓

男の人は今日の歌舞伎についてどう思っていますか。

1　時代ものに感動した

2　悲しい話ばかりだった

3　よく理解できたのでおもしろかった

4　内容がよくわからなかった

翻譯與解題

もんだい 1

もんだい ❷

もんだい 3

もんだい 4

もんだい 5

（2）

女士和男士於觀賞完歌舞伎表演之後正在聊天。請問男士對於今天的歌舞伎表演有什麼看法呢？

Ｆ：今天的歌舞伎是一齣悲劇哪。不過，飾演服侍老爺的那個侍女，長得那麼美，連聲音都和女人一模一樣，看得我差點流下眼淚了。

Ｍ：我第一次看歌舞伎時時還是高中生，今天是相隔二十年後的再度觀賞。那是個悲傷的故事嗎？

Ｆ：今天的第一幕是描寫身為武士的兄弟分屬敵對陣營而相互廝殺的歷史劇，第二幕是以跳舞為主軸的舞蹈劇，第三幕是演繹庶民日常生活的世態劇，令我深受感動的是歷史劇。

Ｍ：以跳舞為主軸的那部分實在看不懂，不過第三幕的動作比較多，很有意思喔。

Ｆ：什麼？第三幕的故事是敘述有個遊手好閒的不肖兒子被逐出家門，由於欠債而殺了人，後來還在兇殺案的現場全身淋滿了油的故事哪！

Ｍ：天啊，好殘忍的故事呀！要是我從一開始就知道故事內容，應該會看得津津有味吧。

Ｆ：這麼說，最受歡迎的第一幕……？

Ｍ：對啊，我自然看得一頭霧水嘍。

①②③④男士從第一幕到第三幕，全部的故事都無法理解，無法好好和女士討論。因為無論哪個故事他都看不懂。

Answer 4

請問男士對於今天的歌舞伎表演有什麼看法呢？

1　被歷史劇感動了

2　全是悲傷的故事

3　因為能夠理解內容，所以覺得有趣

4　不太懂故事的內容

3番

道を歩きながら男の人と女の人が話しています。
女の人が困っている理由は何ですか。

M：今日はお疲れさまでした。あれ？杉田さん、
　　時間、大丈夫だったんですか？

F：ええ、今日の会議は今進めている企画の話が出た
　　ので、途中で帰りにくくて。でも、なんとか間に
　　合うと思います。だめならタクシーで帰りますし。

M：まあ、杉田さんの担当部分については別に今日
　　決めなくてもよかったんだけど。それより、
　　川島さんの転勤で、しばらく杉田さんが二人分
　　の仕事をしなきゃいけなくなるみたいですね。

F：そうなんですよ。それでちょっと困ってるんです。
　　出張が増えるのが厄介*かなって。今の企画に ＜關鍵句
　　集中したかったんで、仕事が増えるのはしょう ＜關鍵句
　　がないとしても、新人の竹下さんに全部まかせ
　　てしまうことになるのもどうかと思うので。

M：へえ。責任感が強いんですね。僕ならこれを
　　機に、あのめんどうくさい企画からさっさと
　　逃げちゃいますけど。

F：そうできたらいいんですけど。とにかく、困
　　りましたよ。

女の人が困っている理由は何ですか。

1　帰りの電車がなくなりそうだから
2　出張が増えるから
3　仕事が増えるから
4　男の人がまじめに仕事をしないから

□ 転勤 轉職
□ 厄介 麻煩，為難
□ 責任感 責任感
□ 機 機會
□ めんどうくさい
　　麻煩
□ さっさと 迅速地

翻譯與解題

もんだい 1

もんだい ❷

もんだい 3

もんだい 4

もんだい 5

（3）

男士和女士在路上邊走邊聊天。請問女士煩惱的理由是什麼呢？

M：杉田小姐，您今天辛苦了。咦？時間上沒問題嗎？

F：是呀，今天的會議提到了目前正在進行的企劃案，不好意思中途離席。我想，應該勉強趕得上。萬一來不及，就搭計程車回去。

M：其實，杉田小姐您負責的部分根本不必急著在今天做出決議嘛。對了，川島小姐調職以後，您恐怕暫時不得不一個人做兩人份的工作了吧。

F：就是說呀，實在有些吃力。出差的次數增加了，有點困擾*，因為我想專注在目前的企劃案上。工作變多也是沒辦法的事，總不能全部交給剛進來的竹下先生去做。

M：哦，您真有責任感。換作是我，一定趕快趁機把那個棘手的企劃案往外推掉。

F：要是能那麼做該有多好。總之，真讓人煩惱呀。

①②女士提到工作變多也是沒辦法的事，但出差的次數增加就有點困擾了。

Answer 2

請問女士煩惱的理由是什麼呢？

1　因為似乎沒有能回家的電車了

2　因為出差增加了

3　因為工作增加了

4　因為男士不認真工作

選項 1，女士提到應該趕得上。萬一來不及，就搭計程車回去。

選項 3，對於工作變多，女士認為是「しょうがない／沒辦法的事」。

選項 4，女士完全沒有提及男士的工作態度。

*厄介＝麻煩（費事、繁瑣的樣子。）

4番

学校で男の教師と女の教師が日本語学校の卒業旅行について話しています。行き先はどこになりましたか。

F：旅行費用は合わせて2万円だから、そんなに遠くは行けないですね。

M：去年は温泉に行ったみたいですけど、あまり旅行したこともない人も多いことだし、この際、日本の代表的な観光地にしませんか？

F：観光地ですか。歴史的な建物と景色なら京都、日光、鎌倉かな。あとは広島。自然や温泉なら北海道や富士山か…あ、鎌倉は春に日帰りで行きましたっけ*。 ＜關鍵句

M：ええ。行ってない所にしましょう。ただ広島と京都はちょっと遠いかなあ。交通費だけで2万円以上かかるし。 ＜關鍵句

F：じゃ北海道も問題外ですね。歴史の勉強もいいけど、ただ、勉強ばっかりしてないで自然も楽しんでほしいんです。日本ならではの美しい景色を見て。 ＜關鍵句

M：じゃあ、そんなに遠くなくて、景色が楽しめて歴史的な建物も見られる所にしましょう。

□ 代表的 有代表性的
□ 観光地 観光地
□ 建物 建築物

行き先はどこになりましたか。

1　京都
2　鎌倉
3　日光
4　広島

翻譯與解題

もんだい 1

もんだい ②

もんだい 3

もんだい 4

もんだい 5

（4）

日語學校的男老師和女老師正在學校裡討論畢業旅行。
請問最後決定去哪裡呢？

F：旅行費用總共只有兩萬圓，沒辦法去太遠的地方了。

M：去年好像去過溫泉鄉了。有不少學員沒什麼機會旅行，要不要利用這趟出遊，帶他們去具有日本特色的觀光名勝呢？

F：你是說觀光名勝嗎？要看歷史悠久的建築物，可以去京都、日光和鎌倉，還有廣島。如果想看自然景觀和泡溫泉，就是北海道或富士山……。啊，春季一日遊去過鎌倉了吧*？

M：是啊，這回挑沒去過的地方吧。不過，廣島和京都有點遠，單是交通費就超過兩萬圓了。

F：那麼，北海道也不考慮了。旅行時順便學習歷史雖然很好，但我希望不要光是學習，也能讓大家享受自然風光，欣賞日本特有的美麗景色。

M：那麼，我們選個距離近一點，既能欣賞景色又可以觀賞歷史建物的地方吧。

> ①②③④女老師提出的觀光地點，因為以下理由所以不合適。

> 鎌倉：因為春季一日遊去過了，所以不想再去。

> 廣島、京都、北海道：太遠了。

Answer **3**

請問最後決定去哪裡呢？

1 京都

2 鎌倉

3 日光

4 廣島

*行きましたっけ＝去過了吧（去過了嗎。
「～たっけ／～吧」是向對方確認不確定的事情時的説法。）

5番

会社で男の人と女の人が話しています。男の人はどうして謝っているのですか。

F：おはようございます。

M：あ、平野さん、おはようございます。昨日はすみませんでした。僕、早く失礼してしまって。 ‹關鍵句①

F：え？ああ、いいんですよ。電車に間に合いましたか。

M：なんとか。うち遠いんで、実はギリギリでした。部長が結構酔っぱらってたんで、平野さんと横山さん、大変だったんじゃないかって。

F：ああ、気にしなくていいですよ。部長がもう一軒、もう一軒って言うからしかたなくカラオケに行ったんですけど、そこで部長ぐっすり寝ちゃって。結局、横山さんがタクシーで送って行ったんです。で、かなり遅くなって奥さんに叱られたって。

M：えー、大変だったんですね。いろいろとすみません。 ‹關鍵句②

F：ただ、おいしいお店だったから食べてばかりでカロリーオーバーですよ。せっかくダイエットしてたのに。

M：ハハ、そんなふうに見えないから、大丈夫ですよ。

□ ギリギリ 極限
□ 酔っぱらう 酒醉
□ 叱る 責備
□ 宴会 宴會

男の人はどうして謝っているのですか。

1 宴会に行けなかったから
2 早く酔っぱらったから
3 宴会の途中で帰ったから
4 料理がおいしい店を選んだから

翻譯與解題

もんだい 1

もんだい ❷

もんだい 3

もんだい 4

もんだい 5

（5）

男士和女士正在公司裡聊天。請問男士為什麼一直道歉呢？

F：早安。

M：啊，平野小姐，早安。昨天不好意思，我先離開了。

F：嗯？喔，沒關係。趕上電車了嗎？

M：還好趕上了。我家太遠，差一點就沒搭到車了。經理已經喝得很醉，我擔心平野小姐和橫山先生恐怕招架不住。

F：哦，不必放在心上啦。經理一直嚷嚷著再續攤、再續攤，我們只好陪他去唱卡拉OK，沒想到經理在那裡呼呼大睡，結果橫山先生只好攔計程車送經理回去了。聽說由於太晚回家，還被太太訓了一頓。

M：是哦，辛苦兩位，給你們添麻煩了。

F：唯一傷腦筋的是，那家店的餐點很好吃，讓人捨不得放下筷子，卡路里破錶，害我減重破功了。

M：哈哈哈，妳看起來很苗條，不必減重嘛。

①②男士家住太遠，所以在宴會中途先離場了。之後經理喝得很醉，給女士添麻煩了，因此男士對女士說「すみません／不好意思」以表示歉意。

Answer **3**

請問男士為什麼一直道歉呢？

1　因為他沒去宴會

2　因為他很快就醉了

3　因為他在宴會中途就回去了

4　因為他選了餐點很好吃的店

選項1，男士參加了宴會，只是比大家更早離場。

選項2，在宴會中喝得爛醉的是經理。

選項4，女士雖提到「おいしい店だった／那家店的餐點很好吃」，但這並非男士道歉的理由。

6番

男の人が講演会で話しています。人前で話すときに、この人が一番気をつけていることは何ですか。

M：学生時代の私は消極的で、あまり話さない学生だったんです。卒業してコンピューター関連の会社に勤めても、人と接することは少なかったです。一日中コンピューターに向かっていましたから。しかし、営業の部署に回されたことをきっかけに、人と接することを余儀なくされました*。話さなければ、説明しなければ始まらない。しかし、私は、これがプレゼンの原点だと思います。エレベーターで相手先の社長に会って30秒で世間話をする、いわばこれもプレゼンです。説明をよく聞いてもらう　　　＞關鍵句
ためには、相手が何に関心があるのか調べ、その人に向けた説明を準備し、練習しておかなければなりません。私は毎日必死で自分の会社や商品について学び、説明の練習を繰り返しました。今、プレゼン
①
のためのソフトがいろいろありますが、パソコンで資料を作ることに時間をかけすぎるのはどうかと思います。これは準備にかけられる時間全体の二割程度と考えていればいいのではないでしょうか。

□ 消極的 消極的
□ 部署 工作崗位
□ プレゼン
　【presentation】
　簡報，提案
□ 原点 原點，出
　發點
□ 繰り返す 反覆

人前で話すときに、この人が一番気をつけていることは何ですか。

1　どんな場所でも早く話せるようにすること
2　ふだんから人と多く接するように心がけること
3　パソコンのソフトを使いこなすこと
4　説明する準備と練習を十分行うこと

翻譯與解題

もんだい 1

もんだい ❷

もんだい 3

もんだい 4

もんだい 5

（6）

男士正在演講。請問他認為在面對人群說話時，最需要注意的關鍵是什麼呢？

M：我在學生時代個性消極，是個不太說話的學生。畢業後進入電腦相關產業，一整天都面對電腦工作，沒什麼機會與人接觸。但是，自從被調到業務部門之後，就不得不＊與人接觸，總不能閉嘴不開口、不說明介紹。然而，我認為那就是簡報的起點。在電梯裡遇見客戶公司的總經理與他閒聊30秒，這也是簡報的一種。為了讓對方願意聆聽自己的介紹，必須調查對方關心的話題，為對方量身打造一套介紹內容，也必須事先練習才行。我每天都拚命學習自家公司與產品的相關資訊，反覆練習如何介紹。現在已經有各式各樣專供簡報用的軟體，但我覺得大家似乎花太多時間在電腦上製作資料了。或許準備電腦資料只該佔全部準備工作的兩成時間就夠了。

①男士提到為了讓對方願意聆聽自己的說明，必須學習自家公司產品的相關資訊，反覆練習如何介紹。

演講中並沒有提到選項1的內容。

Answer **4**

請問他認為在面對人群說話時，最需要注意的關鍵是什麼呢？

1　無論在什麼場合都能快速與人對談
2　平時就留心盡量接觸人群
3　對電腦軟體的運用自如
4　確實準備與練習要說明的事物

選項2，盡量接觸人群並非男士強調的重點。

選項3，男士認為花太多時間在電腦上製作資料並無益處。

＊～を余儀なくされる＝不得不～（被迫必須～。）

7番

せんもんがっこう
専門学校で、面接官が入学試験を受けた留学生に
ついて話しています。この学生が不合格になる理
由は何ですか。

F：今の受験生はどうでしょう。

M：ええ。日本語は頑張って勉強していたようです。
　　志望の理由も、将来、母国の子どもたちの生活を
　　もとにした楽しいアニメを作りたい、と明確です。

F：素晴らしい夢ですね。ただ、日本語学校の時、<関鍵句
　　欠席が多かったようです。体が弱いのかな。①

M：アルバイトをたくさんしているのかもしれま
　　せん。ちょっと疲れた感じでしたから。

F：母国でも日本のアニメをよく見て勉強してい
　　たようだけど、せっかく入学しても、休んで<関鍵句
　　ばかりというのはお話になりませんから。②

M：ええ、そういうのが一番まずいんです。それと、
　　この学校のことをあまりよく分かっていない
　　ような印象でしたね。うちは映像学科はある
　　けど、映画学科というのはないのに。

F：まあ、それは緊張のせいでまちがえたのかも
　　しれませんから。しかし、ともかく、この
　　学生については見送りましょう＊。

□ 志望 志願
□ 映像 影像
□ 緊張 緊張
□ ともかく 總之
□ 見送る 放過；目
　　送

この学生が不合格になる理由は何ですか。

1　日本語学校の欠席が多かったから
2　志望理由がはっきりしないから
3　学校のことをよく知らなかったから
4　緊張しすぎていたから

翻譯與解題

もんだい 1

もんだい ②

もんだい 3

もんだい 4

もんだい 5

（7）

專修學校的面試官們正在校內討論參加完入學考試的留學生。請問沒有錄取這位學生的理由是什麼呢？

F：今天這位應考生您覺得如何？

M：嗯，他很努力學習了日文，報考的動機也相當明確，希望以後能夠創作出以祖國兒童的生活為素材的有趣動漫。

F：這個夢想很了不起。但是，他在日語學校的那段時間似乎經常缺課，是不是身體不好呢？

M：看起來有點疲憊，或許是兼差工作太多了。

F：他在自己的國家經常透過看日本動漫來學習，好不容易進入日語學校了，卻常常請假，這樣等於本末倒置。

M：是啊，這點最不妥。還有，他給我的感覺是並沒有深入了解本校。我們是影像學科，而不是電影學科呀！

F：算了，可能只是緊張而一時口誤罷了。不過，總而言之，這位學生就不錄取*了。

> ①②面試官對於這位學生就讀日語學校時經常缺課而感到疑憂，正在猶豫是否錄取這位學生。

-- Answer **1**

請問沒有錄取這位學生的理由是什麼呢？

1　因為他在日語學校經常缺課

2　因為他的報考動機不明確

3　因為他不太了解這所學校

4　因為他太緊張了

> 選項 2，男面試官提到該學生報考的動機相當明確。

> 選項 3 和選項 4，女面試官提到沒有深入了解本校可能只是緊張而一時口誤，因此太緊張並非不錄取的理由。

*見送る＝觀望（不決定、保持原樣。例句：社員に採用するのを見送る／暫時不錄取員工。）

N1 聴力模擬考題　問題2　第三回　(2-19)

問題2では、まず質問を聞いてください。そのあと、問題用紙のせんたくしを読んでください。読む時間があります。それから話を聞いて、問題用紙の1から4の中から最もよいものを一つ選んでください。

(2-20) 例　【答案詳見：231頁】　　答え：① ② ③ ④

1　パソコンを使い過ぎたから

2　コーヒーを飲みすぎたから

3　部長の話が長かったから

4　会議室の椅子が柔らかすぎるから

(2-21) 1番　【答案跟解説：096頁】　　答え：① ② ③ ④

1　高齢者が子どもを嫌いな理由

2　保育園建築計画への反対が起きる社会について

3　母親の自転車事故が多い理由について

4　保育園は本当に不足しているかどうか

模擬試題

もんだい 1

もんだい ❷

もんだい 3

もんだい 4

もんだい 5

 2番 【答案詳見：098 頁】

1　使っていない机の上のものを棚に移動する

2　パソコンを修理する

3　資料の入った棚を移動する

4　新しい企画の仕事を終わらせる

 3番 【答案詳見：100 頁】

1　高層ビル

2　橋

3　公園

4　海

1　買い物に行ってアルバイトに行く

2　買い物に行って歯医者に行く

3　引っ越しの準備をしてアルバイトに行く

4　引っ越しの準備をして歯医者に行く

1　資料の翻訳

2　パンフレットの書き直し

3　新製品を持ってくること

4　新製品の撮影

(2-26) 6番 【答案詳見：106 頁】　　　　　　　答え：① ② ③ ④

1　牧場
　ぼくじょう

2　動物園
　どうぶつえん

3　スキー

4　美術館
　びじゅつかん

もんだい 1

もんだい ❷

(2-27) 7番 【答案詳見：108 頁】　　　　　　　答え：① ② ③ ④

1　アンケートの回答数が少なかったこと
　　　　　　　かいとうすう　すく

2　回答者に名前を書いてもらわなかったこと
　かいとうしゃ　なまえ　か

3　調査のデータにミスがあったこと
　ちょうさ

4　アンケートの内容が不適切だったこと
　　　　　　　ないよう　ふてきせつ

もんだい 3

もんだい 4

もんだい 5

問題2では、まず質問を聞いてください。そのあと、問題用紙のせんたくしを読んでください。読む時間があります。それから話を聞いて、問題用紙の1から4の中から最もよいものを一つ選んでください。

1番

学生と先生が学生の書いたレポートを見ながら話しています。先生は学生に、何を考えてほしいと言っていますか。

F：田中君、このレポートについてなんだけど、保育園の建設予定地で住民の反対運動があったことについて書いてありますね。

M：はい。今、保育園に入ることができない待機児童*の問題は深刻で、一つでも多くの保育園ができることはいいことです。一人でも多くの母親が働けるわけですから。

F：はい。

M：しかし、住民には、なぜこの場所なのか、ということが納得できないのだと思います。静かで落ち着いた住宅地が、保育園ができると、運動会やら、夏祭りやら、いろいろありますから。それである地域では、高齢者による保育園建設への反対運動が起きました。

F：それで、解決方法として、母親たちの意識を変えることが大事だと思ったのですね。

M：はい。お母さんたちが自転車を停めて子どもを放っておしゃべりしていたりとか、朝、ものすごい勢いで自転車を走らせたりするのをやめないといけない、つまり安全についての意識を徹底しなければならないと思いました。

F：確かに、それも大事ですね。しかし、なぜお母さんたちはそんなことをしているんでしょうか。別の地域ではそれほどまでに激しい反対運動は起きていませんね。 `1`　◄ 關鍵句

M：はあ…。

F：そもそも、その事態を生んだ社会の事情から考えないと。 `2`　◄ 關鍵句

□ 建設予定地
　建築預定地

□ 反対運動
　抗議活動

□ 深刻 嚴重

□ 住民 居民

□ 夏祭り
　夏季園遊會

□ 高齢者
　高齢者

先生は学生に、何を考えるように言っていますか。

1　高齢者が子どもを嫌いな理由

2　保育園建築計画への反対が起きる社会について

3　母親の自転車事故が多い理由について

4　保育園は本当に不足しているかどうか

翻譯與解題

もんだい 1

もんだい ❷

もんだい 3

もんだい 4

もんだい 5

第二大題。請先聽每小題的題目，再看答案卷上的選項。此時會提供一段閱讀時間。接著聽完對話，再從答案卷上的選項 1 到 4 當中，選出最佳答案。

（1）

學生和老師一邊看著學生寫的報告一邊討論。請問老師希望學生應該思考什麼呢？

F：田中同學，這份報告寫的是有關托兒所建築預定地的居民展開的反對運動吧。

M：是的。目前無法進入就讀托兒所的候補兒童*問題相當嚴重，哪怕能夠多一間托兒所，都可以多幫助一位媽媽外出工作。

F：對。

M：可是，居民卻無法認同為何非把托兒所蓋在當地不可。原本寧靜的住宅區，一旦開設托兒所，就會經常舉辦運動會、夏季園遊會等等喧鬧的活動，因此某個地區的高齡居民發起了反對建蓋托兒所的運動。

F：所以，你認為重要的解決之道，在於改變那些媽媽的意識。

M：是的。我認為必須徹底提高那些媽媽的交通安全意識，讓她們不可以隨意停下自行車把小孩扔在一旁不管而自顧自湊在一起聊天，也不可以大清早飛快地騎著自行車在路上橫衝直撞。

F：那確實很重要，不過，為什麼那些媽媽會有那樣的行為呢？而且，其他地區並沒有發生那麼激烈的反對運動喔。

M：呃……。

F：你應該從為何導致那種狀況發生的社會因素開始思考才對。

> ①「反對運動」指的是反對建蓋托兒所的運動。

> ②老師提點學生，應該從為何導致激烈的反對運動發生的社會因素開始思考。

Answer 2

請問老師希望學生應該思考什麼呢？

1　年長者討厭小孩子的理由

2　發生反對建蓋托兒所的計畫的社會因素

3　媽媽們經常發生自行車交通事故的理由

4　托兒所是否真的不夠

＊待機兒童＝候補兒童（等待進入托兒所的兒童。）

> 選項 1 和選項 3 的內容對話中沒有提到，選項 4 也並非老師希望學生思考的事。

2番

<ruby>会社<rt>かいしゃ</rt></ruby>で<ruby>男<rt>おとこ</rt></ruby>の<ruby>人<rt>ひと</rt></ruby>と<ruby>女<rt>おんな</rt></ruby>の<ruby>人<rt>ひと</rt></ruby>が<ruby>部屋<rt>へや</rt></ruby>の<ruby>整理<rt>せいり</rt></ruby>について<ruby>話<rt>はな</rt></ruby>しています。<ruby>男<rt>おとこ</rt></ruby>の<ruby>人<rt>ひと</rt></ruby>はまず<ruby>何<rt>なに</rt></ruby>をしますか。

M：<ruby>配置<rt>はいち</rt></ruby>をどう<ruby>変<rt>か</rt></ruby>えましょうか。

F：<ruby>入口<rt>いりぐち</rt></ruby>のすぐ<ruby>近<rt>ちか</rt></ruby>くが<ruby>受付<rt>うけつけ</rt></ruby>になっていて、その<ruby>近<rt>ちか</rt></ruby>くに<ruby>事務<rt>じむ</rt></ruby>の<ruby>机<rt>つくえ</rt></ruby>があるのはいいと<ruby>思<rt>おも</rt></ruby>うんです。ただ、<ruby>机<rt>つくえ</rt></ruby>は<ruby>四<rt>よっ</rt></ruby>つあるけど、<ruby>実際<rt>じっさい</rt></ruby>に<ruby>使<rt>つか</rt></ruby>っているのはそのうちの<ruby>二<rt>ふた</rt></ruby>つです。あとの<ruby>二<rt>ふた</rt></ruby>つは<ruby>物<rt>もの</rt></ruby>を<ruby>置<rt>お</rt></ruby>くだけになっています。<ruby>置<rt>お</rt></ruby>いてる<ruby>物<rt>もの</rt></ruby>を<ruby>棚<rt>たな</rt></ruby>に　◁**關鍵句**
<ruby>入<rt>い</rt></ruby>れて、<ruby>机<rt>つくえ</rt></ruby>を<ruby>二<rt>ふた</rt></ruby>つ<ruby>処分<rt>しょぶん</rt></ruby>すると、かなりスペースができるんじゃないですか。①

M：<ruby>確<rt>たし</rt></ruby>かに。

F：ええ。それと、<ruby>紙<rt>かみ</rt></ruby>の<ruby>資料<rt>しりょう</rt></ruby>に<ruby>日差<rt>ひざ</rt></ruby>しが<ruby>当<rt>あ</rt></ruby>たらな　◁**關鍵句**
いように、この<ruby>棚<rt>たな</rt></ruby>を<ruby>奥<rt>おく</rt></ruby>の<ruby>方<rt>ほう</rt></ruby>に<ruby>移<rt>うつ</rt></ruby>して、データ<ruby>化<rt>か</rt></ruby>できるものはしていきましょう。②<ruby>私<rt>わたし</rt></ruby>、<ruby>実<rt>じつ</rt></ruby>は<ruby>少<rt>すこ</rt></ruby>しずつ<ruby>始<rt>はじ</rt></ruby>めているんですよ。

M：そうですか。じゃ、<ruby>机<rt>つくえ</rt></ruby>からやります。スペー　◁**關鍵句**
スができれば、<ruby>部屋<rt>へや</rt></ruby>の<ruby>中<rt>なか</rt></ruby>での<ruby>人<rt>ひと</rt></ruby>の<ruby>流<rt>なが</rt></ruby>れがスムーズになりますからね。③

F：そうですね。そうすれば<ruby>新<rt>あたら</rt></ruby>しい<ruby>企画<rt>きかく</rt></ruby>の<ruby>仕事<rt>しごと</rt></ruby>も<ruby>捗<rt>はかど</rt></ruby>りますよ。よし、さっそく<ruby>始<rt>はじ</rt></ruby>めましょう。

□ <ruby>配置<rt>はいち</rt></ruby> 配置
□ <ruby>確<rt>たし</rt></ruby>かに 確實，的確
□ <ruby>日差<rt>ひざ</rt></ruby>し 陽光照射
□ スムーズ【smooth】 流暢
□ <ruby>捗<rt>はかど</rt></ruby>る 進展，推展

<ruby>男<rt>おとこ</rt></ruby>の<ruby>人<rt>ひと</rt></ruby>はまず<ruby>何<rt>なに</rt></ruby>をしますか。

1 <ruby>使<rt>つか</rt></ruby>っていない<ruby>机<rt>つくえ</rt></ruby>の<ruby>上<rt>うえ</rt></ruby>のものを<ruby>棚<rt>たな</rt></ruby>に<ruby>移動<rt>いどう</rt></ruby>する
2 パソコンを<ruby>修理<rt>しゅうり</rt></ruby>する
3 <ruby>資料<rt>しりょう</rt></ruby>の<ruby>入<rt>はい</rt></ruby>った<ruby>棚<rt>たな</rt></ruby>を<ruby>移動<rt>いどう</rt></ruby>する
4 <ruby>新<rt>あたら</rt></ruby>しい<ruby>企画<rt>きかく</rt></ruby>の<ruby>仕事<rt>しごと</rt></ruby>を<ruby>終<rt>お</rt></ruby>わらせる

翻譯與解題

もんだい 1

もんだい ❷

もんだい 3

もんだい 4

もんだい 5

（2）

男士和女士正在公司裡談論房間的整理。請問男士首先
要做什麼呢？

M：擺設要改成什麼樣呢？

F：我希望一進門就是櫃臺，接著旁邊是辦公桌。不
　　過，桌子雖然有四張，但目前實際使用的只有其中
　　兩張，另外兩張只用來放東西。如果把桌上的那些
　　東西擺進櫃子，然後丟掉兩張桌子，空間應該可以
　　變得相當寬敞吧。

①②女士提議，在
四張桌子中丟掉兩
張，另外，把桌上的
那些東西擺進櫃子，
再將櫃子移到裡面。

M：的確。

男士贊成女士的提
議。

F：就是說呀。還有，再將櫃子移到裡面，避免裡面
　　的紙本資料受到日曬，至於能夠以電子檔儲存的資
　　料就予以數位化。事實上，我已經開始逐步進行
　　了。

M：這樣啊。那麼，先從桌子著手吧。只要騰出空間
　　來，房間的動線就會流暢許多。

F：我也這麼認為。如此一來，新的企劃案也得以順利
　　推展了。好，馬上動手吧！

- ► Answer 1

請問男士首先要做什麼呢？

1　將桌面上沒有用到的物品移到櫃子裡
2　修理電腦
3　移動放置資料的櫃子
4　把新的企劃案完成

選項 2 和選項 4 的
內容對話中沒有提
到。

選項 3，對話中提
到先將放在兩張桌子
上的東西收進櫃子，
再把櫃子移到裡面。

3番

ビルの外を見ながら、男の人と女の人が話しています。二人は何を見ていますか。

M：あれができたのって、今からもう20年前なんだよね。

F：そうね。ライトアップされるとほんとにきれい。でも、夜は歩けないんでしょう。

M：たしか、夏は9時までじゃなかったかな。晴れた日は本当にきれいだよ。東京タワーや、都心のこの辺や、反対側は千葉の房総半島まで見えるんだ。

F：確か高速道路が通ってるんだよね。<u>電車や車</u> <u>＜關鍵句</u>
<u>では何度か通ったことがあるけど、歩いたことはないな。</u>
①

M：じゃ、今度歩いてみようよ。長さは1.7キロぐらいだよ。無料だし、なかなか景色がいいんだ。

F：へえ。もっと長いかと思ってた。<u>海の上だから</u> <u>＜關鍵句</u>
<u>風が強い日はちょっとこわそう。</u>スリル*があるね。自転車やバイクで通る人もいるのかな。
②

M：たしか、自転車はだめなんじゃなかったかな。それに景色がいいから、<u>ゆっくり歩くのがい</u> <u>＜關鍵句</u>
<u>ちばんだよ。</u>
③

□ 都心 市中心

□ スリル【thrill】
刺激

二人はビルから何を見ていますか。

1　高層ビル

2　橋

3　公園

4　海

翻譯與解題

もんだい 1

もんだい **❷**

もんだい 3

もんだい 4

もんだい 5

（3）

男士和女士從大樓裡一邊看著外面一邊交談。請問他們兩人正在看什麼呢？

M：那裡竣工已經是二十年前的事了吧。

F：是呀，打上燈光時真的好美！不過，晚上不能走過去吧？

M：我記得夏天好像開放到九點的樣子。天氣晴朗時景色真的很漂亮，可以望見東京鐵塔和市中心這一代，另一側甚至可以遠眺千葉縣的房總半島呢。

F：如果沒記錯，它屬於高速公路的其中一個路段吧。我曾搭電車和汽車從那上面經過幾趟，但還不曾步行過。

M：那，下回走一趟吧，總長大約一點七公里。反正免費，而且風景相當壯觀。

F：是哦，我還以為更長呢。但是它橫跨海面，遇到風大的日子好像有點可怕，一定很刺激*。不知道有沒有人在上面騎自行車或摩托車呢？

M：印象中好像禁止自行車通行。而且景色那麼美，慢慢走過去才是最好的欣賞方式呢。

> ①②③兩人正在看跨海大橋。

Answer **2**

請問他們兩人正從大樓向外看著什麼呢？

1　高樓
2　橋
3　公園
4　海

> 選項 1，從「高速道路が通っている／屬於高速公路的其中一個路段」、「海の上／橫跨海面」、「ゆっくり歩く／慢慢走過去」可知，兩人正在看的並不是高樓。

> 選項 3，因為對話中提到「電車や車では通ったことがある／曾搭電車和汽車從那上面經過」，所以不是公園。

*スリル＝驚險刺激（因恐懼而膽顫心驚的感覺。）

4番

母親と息子が話しています。息子は今日、何をしますか。

F：引っ越しの準備、進んでる？荷造りとか、掃除とか。もう大学生なんだから自分でやってよ。

M：うん。ぼちぼち*。<u>バイト、夕方からだから</u>〈**關鍵句**
　　<u>それまでやるよ。</u>□1

F：そう。じゃ、がんばって。お母さん、ちょっと買い物に行ってくるね。

M：あ、痛み止めの薬ない？ちょっと歯が痛くて。

F：虫歯なら薬なんて飲んだってだめよ。さっさと歯医者に行きなさい。

M：さっき電話したんだけどさ、<u>今日はもう予約</u>〈**關鍵句**
　　<u>がいっぱいなんだって。だから明日にした。</u>□2
　　薬ないんだったら買ってきてよ。

F：薬はあるけど、別の歯医者に行ったら？ほっぺた、けっこう腫れてるよ。

M：うーん、いや、なんとかがんばる。<u>今日でバ</u>〈**關鍵句**
　　<u>イト最後なんだ。</u>で、薬、どこ？□3

F：キッチンの棚の二段目の引き出し。

M：了解。

□ ぼちぼち 一點一點慢慢
□ 痛み止め 止痛
□ 腫れる 腫

息子は今日、何をしますか。

1　買い物に行ってアルバイトに行く
2　買い物に行って歯医者に行く
3　引っ越しの準備をしてアルバイトに行く
4　引っ越しの準備をして歯医者に行く

（4）

媽媽和兒子正在談話。請問兒子今天要做什麼呢？

F：搬家的事在準備了嗎？例如打包行李和清掃之類的。已經是大學生了，這些統統要自己來喔！

M：嗯，一點一點慢慢做*。傍晚才去打工，會一直整理到出門前。

①③兒子提到今天傍晚是最後一次打工，所以決定不請假。去打工前，他要準備搬家的行李。

F：很好。那就加油囉。媽媽出去買個東西。

M：啊，家裡有沒有止痛藥？我牙齒有點痛。

F：如果是蛀牙，光靠吃藥怎麼行！快去找牙醫！

M：剛才打過電話，說今天已經額滿，不接受掛號了，只好先預約明天的診。如果家裡沒有止痛藥就幫我買回來吧。

②牙科今天已經額滿不能約診，所以預定明天再去。

F：藥是有，可是你要不要去找其他牙醫？臉頰蠻腫的喔。

M：嗯……算了，我忍到明天吧。今天打工是最後一次了。那，藥在那裡？

F：廚房櫃子的第二層抽屜。

M：知道了。

Answer **3**

請問兒子今天要做什麼呢？

1　去買東西後再去打工

2　去買東西後再去看牙醫

3　準備搬家的東西後再去打工

4　準備搬家的東西後再去看牙醫

選項1，要去買東西的是媽媽。

選項2和選項4，兒子沒有要去買東西，而且明天才要去看牙醫。

＊ぼちぼち＝慢慢地（一點一點慢慢地做的樣子。）

5番

<ruby>会社<rt>かいしゃ</rt></ruby>で、<ruby>男<rt>おとこ</rt></ruby>の<ruby>人<rt>ひと</rt></ruby>と<ruby>女<rt>おんな</rt></ruby>の<ruby>人<rt>ひと</rt></ruby>が<ruby>話<rt>はなし</rt></ruby>をしています。<ruby>女<rt>おんな</rt></ruby>の<ruby>人<rt>ひと</rt></ruby>は<ruby>男<rt>おとこ</rt></ruby>の<ruby>人<rt>ひと</rt></ruby>に<ruby>何<rt>なに</rt></ruby>を<ruby>頼<rt>たの</rt></ruby>みましたか。

M：<ruby>山口<rt>やまぐち</rt></ruby>さん、<ruby>新<rt>あたら</rt></ruby>しい<ruby>炊飯器<rt>すいはんき</rt></ruby>のパンフレットですけど、<ruby>日本語<rt>にほんご</rt></ruby>のチェックは<ruby>全部終<rt>ぜんぶお</rt></ruby>わりました。

F：ああ<ruby>助<rt>たす</rt></ruby>かった。どうもありがとうございます。あとは<ruby>翻訳<rt>ほんやく</rt></ruby>ですね。そっちは？

M：ああ、<ruby>翻訳者<rt>ほんやくしゃ</rt></ruby>からはすぐ<ruby>届<rt>とど</rt></ruby>きますが、パンプレットはこれです。

F：そうですね…いいんですけど、もう<ruby>少<rt>すこ</rt></ruby>し<ruby>写真<rt>しゃしん</rt></ruby>が<ruby>入<rt>はい</rt></ruby>っていたほうがわかりやすいんじゃないかしら。

M：ただ、もういいのがないんですよ。<ruby>工場<rt>こうじょう</rt></ruby>からいくつか<ruby>送<rt>おく</rt></ruby>ってきたんですけど。

F：<u><ruby>色違<rt>いろちが</rt></ruby>いの<ruby>製品<rt>せいひん</rt></ruby>がのっていないし、これではちょっと<ruby>足<rt>た</rt></ruby>りないですね。</u> <關鍵句

M：<ruby>確<rt>たし</rt></ruby>かに。じゃ、<u>これから<ruby>僕<rt>ぼく</rt></ruby>が<ruby>工場<rt>こうじょう</rt></ruby>に<ruby>行<rt>い</rt></ruby>って<ruby>写真撮<rt>しゃしんと</rt></ruby>ってきます。</u> <關鍵句

F：<ruby>急<rt>いそ</rt></ruby>いだほうがいいですね。

□ <ruby>炊飯器<rt>すいはんき</rt></ruby> 煮飯鍋
□ <ruby>色違<rt>いろちが</rt></ruby>い 顏色不一樣，不同色
□ <ruby>足<rt>た</rt></ruby>りない 不夠，不足
□ <ruby>工場<rt>こうじょう</rt></ruby> 工廠

<ruby>女<rt>おんな</rt></ruby>の<ruby>人<rt>ひと</rt></ruby>は<ruby>男<rt>おとこ</rt></ruby>の<ruby>人<rt>ひと</rt></ruby>に<ruby>何<rt>なに</rt></ruby>を<ruby>頼<rt>たの</rt></ruby>みましたか。

1　<ruby>資料<rt>しりょう</rt></ruby>の<ruby>翻訳<rt>ほんやく</rt></ruby>
2　パンフレットの<ruby>書<rt>か</rt></ruby>き<ruby>直<rt>なお</rt></ruby>し
3　<ruby>新製品<rt>しんせいひん</rt></ruby>を<ruby>持<rt>も</rt></ruby>ってくること
4　<ruby>新製品<rt>しんせいひん</rt></ruby>の<ruby>撮影<rt>さつえい</rt></ruby>

翻譯與解題

もんだい 1

もんだい 2

もんだい 3

もんだい 4

もんだい 5

（5）

男士和女士正在公司裡討論。請問女士交付給男士的任務是什麼呢？

M：山口小姐，新型煮飯鍋的ＤＭ，日文的文案我已經全部檢查完畢了。

Ｆ：喔，太好了，真的謝謝你！接下來就等翻譯了。那部分呢？

M：喔，譯者說等一下就會傳過來。ＤＭ在這裡。

Ｆ：讓我看看……還蠻不錯的，不過再多放幾張照片，是不是更加簡單明瞭呢？

M：可是，雖然工廠傳了幾張照片過來，但已經沒有好看的照片可用了。

Ｆ：上面沒放產品的不同顏色，畫面光是這樣似乎有點單薄。

M：您說得對。那麼，我現在就去工廠拍照。

Ｆ：越快越好喔！

①②女士提到新型煮飯鍋的DM中的照片不夠。男士聽了之後，回答說他現在就去工廠拍照。

-------- Answer **4**

請問女士交付給男士的任務是什麼呢？

1　翻譯資料

2　重寫DM

3　帶新產品過去

4　拍攝新產品

選項1，譯者說等一下就會把譯文傳過來。

選項2，日文的文案已經全部檢查完了，因此並不需要重寫。

選項3，對話中沒有提到要帶新產品過去。

6番

ホテルで男の人が受付の人と話をしています。男の人は今からどこに子どもを連れていきますか。

M：この近くでおもしろいところはありますか。早めに着いたんで、ちょっと子どもと時間をつぶしたいんですけど。

F：この近くは、景色がいいので歩くだけでも気持ちがいいんですが、…30分ほど歩くと牧場があって、搾りたての牛乳が飲めます。アイスクリームもおいしいですよ。

M：いいですね。ただ、歩くのは疲れるかな。明日は朝からスキーなので。

F：お子さんが喜びそうな所ですと、ここから車で20分ほどのところに小さい動物園があってウサギを抱っこできます。あと、虎の赤ちゃんが先週から公開されているんですよ。

M：楽しそうですね。他にありますか。

F：あとはやはりここから20分ほど歩くんですが、市民美術館があります。子どもさんが自由に絵を描けるコーナーもあるそうです。

M：それもいいですね。うーん、いろいろあって迷うなあ。動物園もいいし。

F：よろしければタクシーを呼びましょうか？動物園まで。

M：<u>いえ、なんだかちょっとぐらい歩けそうな気がしてき</u> ⟨關鍵句
<u>ました。だって、搾りたての牛乳なんてめったに飲め</u>
<u>ないし。よし、そうしよう。</u> [1]

□ 牧場 牧場
□ 搾り 擠

男の人は今からどこに子どもを連れていきますか。

1 牧場

2 動物園

3 スキー

4 美術館

翻譯與解題

もんだい 1

もんだい ❷

もんだい 3

もんだい 4

もんだい 5

（6）

男士正在旅館裡和櫃臺人員談話。請問男士接下來要帶孩子去什麼地方呢？

M：請問附近有好玩的地方嗎？我們抵達的時間早了一點，想帶孩子出去消磨一下時間。

F：這附近風景很好，所以隨意逛逛都很舒服……不過，大約走三十分鐘有座牧場，可以喝到剛擠出來的牛奶，還有冰淇淋也很好吃喔！

M：聽起來很不錯！但是走路會累，明天一早就要去滑雪了。

F：如果要找小朋友喜歡玩的地方，從這裡搭車二十分鐘左右有一座小型動物園，那裡的兔子可以讓人抱，還有，老虎寶寶從上星期也開始出來亮相了喔！

M：聽起來很有趣。還有沒有其他推薦的地方呢？

F：另外，同樣從這裡步行差不多二十分鐘，就是市民美術館了。那邊有一區可以讓小朋友自由畫圖。

M：感覺也很好玩。嗯……各種設施都不同，不曉得該去哪裡才好……動物園好像也不錯……。

F：要不要為您叫計程車前往動物園呢？

M：不用了，現在又想走一走了。難得有機會喝到剛擠出來的牛奶……，好，就決定去那裡！

①雖然一開始男士說牧場太遠，但在談話過程中他又不這麼覺得了（男士提到現在又想走一走了），並且被現擠的牛奶所吸引，最後男士決定去牧場。

請問男士接下來要帶孩子去什麼地方呢？

1 牧場
2 動物園
3 滑雪
4 美術館

Answer 1

選項 2 和選項 4，雖然男士對於櫃臺人員提議的動物園和美術館回答了「いいですね／聽起來很不錯」，但最後還是決定去牧場。

選項 3，滑雪是明天的行程。

7番

女の人が会議で質問をしています。女の人は何が問題だと思っていますか。

F：今のご説明について一点質問があります。3ページについてなんですが、インターネットを使ったアンケート調査の結果ですね、これは記名での回答になっていたのでしょうか。

M：はい、メールマガジンの発行を前提にしたアンケートで、これからの宣伝につなげることを目的に行いました。

F：そうですか。今後発売する化粧品づくりには正確なデータが必要ですが、この回答数はいかがなものでしょうか[*1]。 ⊣關鍵句

M：確かに回答者数[1]は少なかったのですが、信頼性の高い結果が得られたと思っています。

F：無記名でも、メールアドレスは登録されているわけですから、今後は回答数を増やすためにも記名の必要性について再度検討して行っていただきたいと思います。 ⊣關鍵句 しかし、文章で回答してもらったことは画期的[*2][2]ですので、ぜひ今後も続けてください。

M：承知しました。貴重なご意見、ありがとうございました。

□ 記名 記名
□ メールマガジン【mail magazine】電子報
□ 発行 發行
□ 信頼性 可信度
□ 画期的 劃時代的

女の人は調査の何が問題だと思っていますか。

1 アンケートの回答数が少なかったこと
2 回答者に名前を書いてもらわなかったこと
3 調査のデータにミスがあったこと
4 アンケートの内容が不適切だったこと

翻譯與解題

もんだい 1

もんだい ❷

もんだい 3

もんだい 4

もんだい 5

（7）

女士正在會議上提問。請問女士認為有什麼問題呢？

F：關於剛才的報告，我想請教一個問題。請翻到第三頁的透過網路進行的問卷調查結果。請問這是以具名方式填答的嗎？

M：是的，這份問卷的調查主旨是有關電子報的發行，目的則是把調查的結果運用在未來的行銷策略上。

F：我明白了。要打造今後銷售的化妝品系列，需要確切的資料作為研發的依據，但是這份問卷的填答人數似乎有待商榷*1。

M：填答人數確實不多，但我認為調查結果的可信度相當高。

F：即使不具名，至少上面填有電子郵件帳號。為了提高日後的填答率，我希望能夠重新檢討具名填答的必要性。不過，問卷設計的開放式問項十分嶄新*2，往後請務必保留這個欄位。

M：了解，非常感謝您寶貴的建議！

①②女士看了問卷調查的結果後，首先提出了填答人數太少的問題。並且提議為了增加今後的填答人數，必須重新檢討具名填答的必要性。

--- Answer 1

請問女士認為這項調查有什麼問題呢？

1　回答問卷的人數太少

2　回答問卷的人沒有留下名字

3　調查的資料有誤

4　調查的內容不適當

選項 2，這份問卷是具名填答的問卷。

選項 3 和選項 4 的內容對話中並沒有提到。

*1 いかがなものでしょうか＝有待商榷（覺得某件事有問題時，會用「～はいかがなものでしょうか／關於～有待商榷」的說法。例句：彼の責任にするのはいかがなものでしょうか／是否該讓他負責還有待商榷。〈彼の責任にすることには問題があるのでは／讓他負責沒問題嗎？〉）

*2 画期的＝嶄新（前所未見的事，初次發現的樣子。）

Memo

概要理解

在聽取完整的會話段落之後，測驗是否能夠理解其內容（測驗是否能夠從整段會話中理解說話者的用意與想法）。

考前要注意的事

▶ 作答流程 & 答題技巧

聽取說明	先仔細聽取考題說明

聽取問題與內容	測驗目標是在聽取一人（或兩人）講述的內容之後，理解談話的主題或聽出說話者的目的和主張。選項不會印在考卷上。

內容順序一般是「提問 ➡ 單人（或兩人）講述 ➡ 提問＋選項」

預估有 6 題左右

1 首先弄清是什麼內容，關於什麼。本題型章篇幅較長，內容較抽象、具邏輯性。

2 抓住要點。提問及選項都在錄音中，所以要邊聽邊在答案卷上作筆記，不需要太注意細節。通常答案不會只在一句話裡，因此必須歸納多個關鍵字和重點才能得到答案。

3 多次出現的詞彙多半是解題的關鍵。

答題	再次仔細聆聽問題，選出正確答案

N1 聴力模擬考題　問題3　第一回 (3-1)

問題3では、問題用紙に何も印刷されていません。この問題は、全体としてどんな内容かを聞く問題です。話の前に質問はありません。まず話を聞いてください。それから、質問とせんたくしを聞いて、1から4の中から、最もよいものを一つ選んでください。

(3-2) 例　【答案詳見：232頁】　　　　　　　　　答え：① ② ③ ④

- メモ -

(3-3) 1番　【答案跟解説：114頁】　　　　　　　　答え：① ② ③ ④

- メモ -

(3-4) 2番　【答案跟解説：116頁】　　　　　　　　答え：① ② ③ ④

- メモ -

(3-5) **3 番**ばん　【答案詳見：118 頁】　　　　答え：① ② ③ ④

- メモ -

(3-6) **4 番**ばん　【答案詳見：120 頁】　　　　答え：① ② ③ ④

- メモ -

(3-7) **5 番**ばん　【答案詳見：122 頁】　　　　答え：① ② ③ ④

- メモ -

(3-8) **6 番**ばん　【答案詳見：124 頁】　　　　答え：① ② ③ ④

- メモ -

問題3では、問題用紙に何も印刷されていません。この問題は、全体としてどんな内容かを聞く問題です。話の前に質問はありません。まず話を聞いてください。それから、質問とせんたくしを聞いて、1から4の中から、最もよいものを一つ選んでください。

1番

テレビで、男の人が話しています。

M：世界最高峰のエベレストに、三浦雄一郎さんが世界最年長の80歳で登って以来、山に興味を持つ人が増えてきましたね。この前は、時間に余裕ができたので、夫婦でエベレストに登ってみたい、と意欲的な70代のご婦人にお会いしました。よく聞いてみると、ご主人も登山らしい経験はほとんどなく、学生の頃にハイキング程度しかしたことがないとのことです。いい写真を撮ってきますよ、と嬉しそうに話すのですが、<u>心配です</u>。また、大学時代は野球部に ◁關鍵句

所属し、体力では同年代の人に決して負けない自信があるという60歳代の男性もいらっしゃいました。退職したので本格的な登山を始めたいと言います。血圧が高めなので、トレーニングや健康づくりのための登山のようです。

<u>しっかり準備をした登山者に山が親しまれるのはいいですが、無茶</u> ◁關鍵句
<u>な人たちも増えています</u>。健康のためにという気持ちは分かりますが、登山中の事故は、自分や家族が辛いだけでなく、多くの人に ◁關鍵句
<u>迷惑をかけてしまうこともあります</u>。まずは登山前に足腰を鍛え、バランス感覚を鍛えて、登山のための体を作ってほしいと思います。 ③

□ エベレスト【Everest】
　聖母峰
□ 意欲的 起勁
□ 登山 登山
□ 本格的 正式的
□ 血圧 血壓

男の人は何について話していますか。

1　エベレストの美しさについて

2　エベレストの危険について

3　登山の喜びについて

4　登山の危険性について

翻譯與解題

もんだい 1

もんだい 2

もんだい ❸

もんだい 4

もんだい 5

第三大題。答案卷上沒有印任何圖片和文字，這一大題在測驗是否能聽出內容主旨。再說話之前，不會先提供每小題的題目。請先聽完對話，再聽問題和選項，從選項 1 到 4 當中，選出最佳答案。

（1）

男士正在電視節目上發表意見。

M：自從八十歲的三浦雄一郎先生攀上世界最高峰的聖母峰，創下全球最高齡征服者的紀錄之後，有愈來愈多人喜歡爬山了。前陣子，我遇到一位七十幾歲的女士，他們夫妻由於有了充裕的閒暇時間，對於攀登聖母峰躍躍欲試。我仔細問了一下，她先生幾乎不曾爬過高山，當學生的時候也只有健行的經驗。那位女士很開心地告訴我，他們會拍下美麗的照片回來，而我卻為他們 <mark>擔心不已</mark>。另外，我還遇過一位六十幾歲的男士，他在大學時代參加棒球隊，自認體力絕對不輸同年齡的人。他說自己退休了，所以打算開始積極投入登山活動。因為血壓高，他想將登山當成健身運動，以保持身體健康。

<mark>如果是已經做好充分準備的山友投入山野的懷抱，當然是好事</mark>，問題是現在有愈來愈多人根本有勇無謀。我可以體會這些人的心態，認為爬山有益健康，但是<mark>在爬山途中發生的意外，不僅會給自己與家人帶來痛苦，也會增添許多人的困擾。因此我希望大家在爬山之前，必須先鍛鍊腰腿的肌力，也要鍛鍊平衡感，讓自己的體能狀況足以應付登山運動。</mark>

①②③對於越來越多人對登山產生興趣，男士提到「心配です／擔心不已」，並呼籲大家注意登山時可能發生意外。

Answer **4**

請問男士正在談論什麼話題呢？

1 關於聖母峰的壯麗景象

2 關於聖母峰的危險

3 關於登山的快樂

4 關於登山的危險性

選項 1 和選項 2，談話中沒有提到聖母峰的壯麗景象和危險。

選項 3，男士提到「登山者に山が親しまれるのはいい／山友投入山野的懷抱當然是好事」，但並沒有特別說明登山的快樂。

2番^{ばん}

駅^{えき}の前^{まえ}で女^{おんな}の政治家^{せいじか}が演説^{えんぜつ}をしています。

F：みなさん、さあ、働^{はたら}くための環境^{かんきょう}を整^{ととの}え、出産後^{しゅっさんご}も、また、介^{かい}　＜關鍵句
護中^{ごちゅう}も、働^{はたら}きたいと思^{おも}ったその時^{とき}に、いつでも、すぐに職場^{しょくば}に
帰^{かえ}れるような社会^{しゃかい}をめざそうではありませんか*。そのために　[1]
は、まだまだ実行^{じっこう}されていないことがございます。その一^{ひと}つが、　＜關鍵句
労働時間規定^{ろうどうじかんきてい}の見直^{みなお}しを促進^{そくしん}する政策^{せいさく}を打^うち出^だすことだと、私^{わたし}
は考^{かんが}えます。今^{いま}のままの政権^{せいけん}で、それが実行^{じっこう}できると言^いえるで　[2]
しょうか。いいえ、言^いえないと私^{わたし}は思^{おも}います。この二年間^{にねんかん}の政
治^じでそれが明^{あき}らかになったではありませんか。少子化対策^{しょうしかたいさく}、少
子化対策^{しかたいさく}とは言^いっても、経済優先^{けいざいゆうせん}の政策^{せいさく}ですから、労働力^{ろうどうりょく}の確^{かく}
保^ほにばかり気持^{きも}ちが向^むいている。お母^{かあ}さんたちの中^{なか}で、現状^{げんじょう}に
満足^{まんぞく}している、という人^{ひと}がどれだけいるでしょうか。このよう
な社会^{しゃかい}で、市民^{しみん}の暮^くらしは幸^{しあわ}せな方向^{ほうこう}に向^むかっていくと言^いえま
すか。

□ 出産後^{しゅっさんご} 生完小孩後
□ 少子化対策^{しょうしかたいさく} 因應少子化的
　對策
□ 労働力^{ろうどうりょく} 勞動人口
□ 満足^{まんぞく} 満足
□ 暮^くらし 生活

労働力^{ろうどうりょく}の確保^{かくほ}にばかり気持^{きも}ちがむいている。
1　男女^{だんじょ}が平等^{びょうどう}に働^{はたら}くための政策^{せいさく}を作^{つく}る。
2　働^{はたら}く時間^{じかん}についての決^きまりの見直^{みなお}し。
3　少子化^{しょうしか}を止^とめる。
4　労働力^{ろうどうりょく}の確保^{かくほ}にばかり気持^{きも}ちが向^むいている。

翻譯與解題

もんだい 1

もんだい 2

もんだい ❸

もんだい 4

もんだい 5

（2）

女性政治家正在車站前發表政見。

F：各位，來，大家都希望能夠打造一個良好的工作環境，只要想工作，不管是在生完小孩後，或是在照顧生病家人的同時，都能隨時回到職場，你們說對不對＊？想要成為那樣的社會，目前還有許許多多的困難有待克服。我認為其中之一，就是必須提出促進修改工作時數上限的政策。現在的執政團隊，敢說他們已經實施那樣的政策了嗎？不，我認為他們說不出口。這兩年來的執政成績，已經明明白白地擺在那邊了，你們說對不對？他們雖然嚷嚷著要提出少子化的對策，實際上卻是以拚經濟為優先考量，所以施政心態總是只考量必須確保勞動力。各位當中有些人是媽媽，請問有多少媽媽對現狀感到滿意的呢？像這樣的社會，能夠說是讓國民朝著幸福生活的方向邁進的嗎？

①②女性政治家提到希望能打造良好的工作環境、以營造能夠讓因故離開職場的人可以隨時回到職場的社會為目標。為此，有必要促使修改工作時數上限的政策。因此，選項2是正確答案。

- Answer **2**

請問她說現在非做不可的事是什麼呢？

1　提出能夠讓男女平等工作的政策。

2　修訂關於工作時數的規定。

3　阻止少子化。

4　施政心態只考量要確保勞動力。

選項1，雖然談話中提到女性的工作環境，但並沒有特別針對性別平權的政策進行論述。

選項3，雖然對少子化的對策有意見，但並沒有說現在必須阻止少子化的情況繼續惡化。

選項4，雖然對確保勞動力的政策有意見，但這並非女性政治家演說的重點。

＊めざそうではありませんか＝不以～為目標嗎（用強調的語氣呼籲「めざしましょ／以～為目標」。「～ではありませんか／不～嗎」是經常在演講中使用的說法。）

3番

大学で、先生と学生が話しています。

M：先生、日本文学研究会の研修旅行のことなんですが。

F：ええ、行きますよ。ただ、一週間ずっとは無理なので、どこか
の二日間と思っています。確か今回はずいぶん遠い田舎でやる
んでしょう。山に囲まれたところで。一番近いコンビニまで、
車で1時間かかるって聞きましたよ。面白そうですね。

M：ありがとうございます。先生がいらっしゃる日に合わせて僕た
ち3年生の発表をしたいんですが…。

F：ああそう。じゃ、そうしてくれる？君たちの発表を聞きたいから。
でも、私が行けるのは土日になると思うけど、大丈夫ですね。

M：はい、ご都合に合わせて発表の順番を調整します。

F：あ、…そうだ。そこはネットがつながる？ ─<関鍵句 ①

M：ええと、そうですね。ちょっとわからないんですけど、たぶん…。 ─<関鍵句 ②

F：悪いけど、調べといてくれる？それによっていつ行くか決めます。あっ ─<関鍵句
ちで仕事ができるなら、土日でなくても行けるかもしれないから。 ③

□ 研修旅行 進修旅行
□ 田舎 鄉下
□ 囲む 包圍，環繞

なぜ、今、先生が合宿に参加する日が決まら
ないのですか。

1 かなり遠い場所になるかもしれないから。

2 合宿をする場所でインターネットが使え
るかどうかわからないから。

3 合宿をする場所が、コンビニもないよう
な不便なところだから。

4 土日は学生たちの発表が聞けないかもし
れないから。

（３）

教授和學生正在校園裡討論。

M：教授，關於日本文學研究會的研修旅行，請問您能夠撥冗出席嗎？

F：嗯，我會去。不過，沒辦法在那裡待一整個星期，我會去其中兩天。如果沒記錯，這次辦在很遠的鄉間吧？在一處群山環繞的地方。聽說距離最近的超商，還要開車一個小時才到得了。很讓人期待喔。

M：謝謝教授稱讚。我們三年級生的報告，想配合教授蒞臨的日期安排……。

F：這樣呀。那麼，可以照這樣安排嗎？我很想聽你們的報告。不過，我想應該會選在星期六日到那邊，這樣時間安排上沒問題吧？

M：沒問題，我們會配合教授的日程調整報告的順序。

F：啊……對了，那邊可以上網嗎？

M：呃……這個嘛……我不太清楚，大概……。

F：不好意思，可以幫忙問一下嗎？我要根據能不能上網來決定行程。如果在那邊可以工作，或許不一定星期六日才能過去。

> ①②③教授説要先確定宿營的地點是否能使用網路再決定行程。因為現在還不知道能否使用網路，所以還沒決定參加宿營的日程。

Answer 2

請問教授為什麼現在不能決定參加宿營的日程呢？

1　因為宿營的地點可能安排在很遠的地方。

2　因為不知道宿營的地點能不能上網。

3　因為宿營的地點位於連超商都沒有的偏僻之處。

4　因為星期六日或許無法聽到學生們的報告。

> 選項1和選項3，宿營辦在一處附近連超商都沒有的偏遠鄉間，教授説「面白そう／很讓人期待」。

> 選項4，學生提到要配合教授的日程調整報告的順序。

4番

テレビで、女の人が話しています。

F：人工知能、AI がめざましい発達を続けています。囲碁などの
　ゲームで世界一になった人を相手に圧勝したり、車の自動運転
　の開発が実用化されたり、といったニュースを耳にしない日は
　ない*ほどです。こうなると、このまま人工知能が進化し続け
　ていったときに起こる良いことと悪いことを想像せずにはいら
　れません。例えば、良いことは、労働力不足の解決、悪いこと
　は人工知能が人類を攻撃して滅ぼすのではないかというような
　ことです。ただ、私は、後者のような事態は心配していません。
　なぜならそのために膨大なデータの蓄積ができるにはまだ時間
　がかかるからです。今から人間に求められるのは AI と共存して ＜ 關鍵句
　自然災害や人の心理などをふくめたあらゆる不確実なことを、
　経験を元に予測し続けることだと思います。① もっとも、これこ
　そが最も困難な課題かもしれませんが。

□ 人工知能 人工智慧
□ 圧勝 壓倒性勝利
□ 実用化 實用化
□ 滅ぼす 滅亡
□ 過大 過大

女の人は、これからの人間がするべきことは
なんだと言っていますか。
1　人工知能について悪いイメージをもたな
　いこと。
2　人工知能に過大な期待をしないこと。
3　人間が能力を磨くこと。
4　人工知能と共存し、経験に基づいた予測
　をすること。

翻譯與解題

もんだい 1

もんだい 2

もんだい ❸

もんだい 4

もんだい 5

（4）

女士正在電視節目上發表意見。

Ｆ：人工智慧，也就是AI，連日來的進展令人格外
矚目。首先是和世界第一圍棋高手比賽並取得
了壓倒性的勝利，緊接著是成功運用在汽車自
動駕駛的研發上，幾乎天天都可以聽到*AI的相
關新聞。到了目前的階段不得不讓人想像，當
人工智慧照這樣繼續進化下去，會帶來好的一
面與壞的一面。舉例來說，好的一面是可以解
決勞動力不足的問題，壞的一面則是擔憂人工
智慧可能攻擊人類，造成人類的滅亡。不過，
我並不擔心會發生後者的事態。因為要發展到
那樣的狀態，必須耗費長久的時間來累積龐大
的資料。我認為從現在開始，人類應該追求的
是和AI共存，將天然災害和人類心理包括在內
的所有不確定因素全部納入考量，並且根據這
些經驗來持續預測AI的動向。話說回來，這或
許正是最困難的課題。

①電視上的女士提到，從
現在開始，人類應該追求和
AI共存，並將所有不確定因
素納入考量，並且根據這些
經驗來持續預測AI的動向。
與此相符的是選項4。

Answer 4

女士説往後人類應該做的事是什麼呢？

1　不要對人工智慧有負面的看法。

2　不要對人工智慧抱持太大的期望。

3　人類必須提升自我能力。

4　與人工智慧共存，並且基於經驗予以預
測。

＊耳にしない日はない＝天天都可以聽到（沒有一天不會聽
到。每天都聽得到。「耳にする／聽到」是聽的意思。）

5番

女の人と男の人が話しています。

M：あ、雨が降ってきた。ねえ、そろそろ出かける？

F：まだあと2時間もあるから大丈夫よ。12時からなんだから、10分前に着けばいいんでしょ。30分もあれば着くでしょう。指定席なんだから、並ぶ必要もないし。

M：それじゃバタバタするし、始まる前に何かお腹にいれようよ。

F：さっき朝ごはん食べたばかりでしょう。コンビニで何か買って入ればいいじゃない。

M：まあ、そんなにはお腹、すいてないんだけどね。映画を観ているときにお腹が鳴ったら恥ずかしいし。<u>それより、チケット、忘れないでね。</u>①　◁關鍵句

F：え？<u>あなたが持っているんじゃないの？</u>②　◁關鍵句

M：いや、<u>僕は持ってないよ。行こうっていうから、きっと君が持ってるんだろうと思って。</u>③　◁關鍵句

F：まずい…。早く出かけましょう。でも、今から行って間に合うかなあ。

M：とにかく、すぐ出よう。<u>もし席がなかったら</u>④…いいや、その時　◁關鍵句考えよう。さあ、早く。

□ そろそろ 差不多
□ 指定席 指定位子
□ 並ぶ 排隊

二人はなぜ急いでいますか。

1　映画館のチケットを買っていないから。
2　雨が降っているから。
3　始まる前に映画館で何か食べるため。
4　コンビニで何か食べ物を買うため。

（5）

女士和男士正在談話。

M：啊，下雨了！欸，該出門了吧？

F ：還有兩個小時，別急嘛。十二點才開始，只要提前十分鐘到就可以了呀。頂多花個三十分鐘，就可以到那裡了。況且都是對號入座，不必排隊。

M：那樣太趕了，而且開演前先填填肚子吧。

F ：剛剛才吃完早餐吔！到超商隨便買點東西帶進去就行了吧。

M：也好，反正不怎麼餓。看電影時萬一肚子餓得咕咕叫，有點丟臉就是了。對了，電影票別忘了帶喔！

F ：嗄？票不是在你那邊嗎？

M：沒啊，我沒票呀。妳說走吧去看電影，我還以為妳已經買好票了。

F ：慘了……。快點出門吧！可是，現在去不曉得來不來得及？

M：總之，立刻出發！萬一客滿了……算了，到時候再說吧。快點，走！

> ①②③④兩人都以為對方有票，但事實並非如此，兩人這才注意到根本還沒買票，所以急著出門。因此選項1是正確答案。

Answer **1**

請問他們兩人為什麼急著出門呢？

1 因為沒買電影票。

2 因為下雨了。

3 因為要在開演前先到電影院吃點東西。

4 因為要去超商買些吃的東西。

6番

パトカーに乗った婦人警官が、男の人と話しています。

F：失礼ですが、どちらへ行かれるんですか。

M：家へ帰るところです。 ＜關鍵句

F：その自転車は、ご自分のですか。

M：はい。

F：すみませんが、防犯登録シールを見せてください。

M：…はい。

F：結構です。今、ライトがついているのが見えなかったですけれど。

M：えっ、あっ。いえ、つくんですけど、ちょっと。

F：だいぶ明かりが弱くなっていますね。危ないですから気をつけ ＜關鍵句
　　てください。最近この近くで強盗事件が起きています。夜間は、 ＜關鍵句
　　十分に注意してください。

M：ああ、はい。どうも。

□ 防犯登録 防盜登錄

□ シール【seal】 貼紙

□ ライト【light】 照明

□ 強盗事件 搶案

□ 夜間 夜間，晚間

二人が話している時間は何時ごろですか

1　朝6時ごろ

2　午後1時ごろ

3　夜11時ごろ

4　午後3時ごろ

翻譯與解題

もんだい 1

もんだい 2

もんだい ③

もんだい 4

もんだい 5

（6）

坐在巡邏車裡的女警正在和男士談話。

Ｆ：不好意思，請問您要去哪裡呢？

Ｍ：我正要回家。

Ｆ：您騎的這台自行車，是您自己的嗎？

Ｍ：對。

Ｆ：麻煩出示防盜登錄貼紙。

Ｍ：……在這裡。

Ｆ：好的。不過，您現在沒有開車燈。

Ｍ：咦？啊！不會吧，我已經開燈了，怎麼會這樣！

Ｆ：車燈的亮度相當微弱，這樣很危險，請多加小心。最近這一帶發生了搶案，晚上出門請務必留意。

Ｍ：喔，好，謝謝。

①②③男士騎著自行車正要回家。女警提醒男士自行車車燈的亮度相當微弱，並說「夜間は、十分に注意してください／晚上出門請務必留意。」。因此兩人對話時是夜間，也就是晚上。

Answer 3

請問他們兩人談話的時間大約是幾點左右呢？

1 早上六點左右

2 下午一點左右

3 晚上十一點左右

4 下午三點左右

N1 聴力模擬考題　問題 3　第二回 (3-9)

問題 3 では、問題用紙に何も印刷されていません。この問題は、全体としてどんな内容かを聞く問題です。話の前に質問はありません。まず話を聞いてください。それから、質問とせんたくしを聞いて、1 から 4 の中から、最もよいものを一つ選んでください。

(3-10) 例　【答案詳見：232 頁】　　　　　　　　　　答え：① ② ③ ④

- メモ -

(3-11) 1 番　【答案跟解說：128 頁】　　　　　　　　答え：① ② ③ ④

- メモ -

(3-12) 2 番　【答案跟解說：130 頁】　　　　　　　　答え：① ② ③ ④

- メモ -

模擬試題

もんだい
1

もんだい
2

もんだい
❸

もんだい
4

もんだい
5

(3-13) **3 番**^{ばん} 【答案詳見：132 頁】

- メモ -

(3-14) **4 番**^{ばん} 【答案詳見：134 頁】

- メモ -

(3-15) **5 番**^{ばん} 【答案詳見：136 頁】

- メモ -

(3-16) **6 番**^{ばん} 【答案詳見：138 頁】

- メモ -

問題3では、問題用紙に何も印刷されていません。この問題は、全体としてどんな内容かを聞く問題です。話の前に質問はありません。まず話を聞いてください。それから、質問とせんたくしを聞いて、1から4の中から、最もよいものを一つ選んでください。

1番

テレビで、女の人が話しています。

F：次は、ホームレスの実態についてです。先日、東京23区内のホームレス、つまり、住む家がなく、路上で生活している人の人数は、国や地方自治体の調査の2倍以上であるとの結果が、東京の国立大学などの研究者グループによって発表されました。この調査グループが今年の1月中旬、深夜の時間帯に新宿、渋谷、豊島の3区で、路上で生活している人の数を調べたところ、約670人だったそうです。今回の調査から、ホームレスの人数は 〈關鍵句 23区全体で、都・区調査の2.2倍以上であると思われ、これまでの調査の方法について疑問視する声も聞かれます。
都・区調査によると、昼間の路上生活者は1999年の夏以来、減少しています。これは雇用情勢の改善のためとみられますが、この調査を行った大学院グループの代表は、「2020年の東京オリンピックに向けて、地域単位でより細かい支援が求められる」と話しています。

□ 実態 實際狀態

□ ホームレス 【homeless】 無家可歸的人，街友

□ 発表 發表

□ 調査 調查

□ オリンピック 【Olympic】 奧運

どんな問題についてのニュースですか。

1　ホームレスの増加が続いていることについて。

2　ホームレスの人数が自治体の調査より多いとわかったことについて。

3　国や自治体がホームレス対策をしないことについて。

4　国民一人一人が雇用について真剣に考えていないことについて。

翻譯與解題

もんだい 1
もんだい 2
もんだい ❸
もんだい 4
もんだい 5

第三大題。答案卷上沒有印任何圖片和文字，這一大題在測驗是否能聽出內容主旨。再說話之前，不會先提供每小題的題目。請先聽完對話，再聽問題和選項，從選項1到4當中，選出最佳答案。

（1）

女士正在電視節目中報導新聞。

F：接下來是關於街友的現況。日前，某一所位於東京的國立大學的研究團隊發表了調查報告，他們針對在東京二十三區內的街友，也就是沒有住宅、在街上生活者所統計的人數，是國家或地方自治團體的調查報告的兩倍以上。這個研究團隊於今年一月中旬的深夜時段，到新宿、澀谷及豐島這三區調查了在街上生活者的人數，合計大約是670名。根據本次調查，全二十三區內的街友人數，應該是都政府或區公所調查的2.2倍以上，部分研究人員甚至對以往的調查方法提出了質疑。

根據都政府或區公所的調查，自1999年夏天以來，白天時段的街友人數持續減少，並認為這反映出雇用狀況的改善，但是進行這項調查的研究所團隊主持人表示，「為因應2020年的東京奧運，希望地方單位能夠對這些街友提供更完善的生活協助」。

女士談話的走向如下：

　東京的研究團隊發表了調查報告：東京二十三區內實際的街友數量，是國家或地方自治團體的調查報告的兩倍以上。

　這個團隊在今年一月的深夜時段，到新宿、澀谷及豐島這三區調查了在街上生活者的人數，合計大約是670名。

　①從這份調查報告推測，全二十三區內的街友人數，應該是都政府或區公所調查的2.2倍以上。因此有人對以往的調查方法提出質疑。

Answer　2

請問這則新聞談論的是什麼樣的議題呢？

1　關於街友正持續增加。

2　關於發現了街友人數比地方自治團體的調查結果還要多。

3　關於國家與地方自治團體並沒有執行協助街友的政策。

4　關於每一個國民都沒有認真思考雇用議題。

　選項1，根據都政府或區公所的調查，街友人數自1999年夏天開始持續減少。

　選項3，有人認為街友的減少反映出雇用狀況的改善。

　談話中並沒有提到選項4的內容。

2番

ちちおや ははおや でんわ はな
父親と母親が電話で話しています。

M：来週そっちに帰るけど、武のおみやげ何がいいかな。

F：男の子だからあなたの方がわかると思う。それより受験生なん ◁ 關鍵句
だから、そこのところをよろしくね。武が行きたがっている
高校って結構むずかしいのよ。去年も競争率5倍だって。1

M：へえ。それにしても、早いもんだなあ。僕がこっちにいる間に
ねえ。じゃ、大人っぽいものがいいか。洋服かな。

F：いいけど、気が散っちゃうようなのは、いっさいダメ。 ◁ 關鍵句
2

M：だけど、また親父はつまらないって言われるよ。

F：この前だって、あなたが買ってきたゲームに夢中になっちゃって、
なかなか勉強しなかったんだから。

M：高校生になるんなら、新しいスマホがいるんじゃないか。

F：パソコンもスマホも全部、合格してからよ。とにかくあまり気 ◁ 關鍵句
を取られないものにしてね。お願いよ。3

M：うん…わかったよ。

母親は、息子へのお土産はどんなものがいい
と言っていますか。

1　勉強の役に立つもの
2　健康にいいもの
3　気晴らしになるもの
4　勉強のじゃまにならないもの

翻譯與解題

もんだい 1

もんだい 2

もんだい ❸

もんだい 4

もんだい 5

（2）

父親和母親正在通電話。

M：我下星期回去那邊，要帶什麼禮物給小武才好呢？

F：我想，你應該比較了解男孩子喜歡什麼吧。不過，可別忘了，他是應考生喔。小武想讀的高中很不容易考上，聽說去年的錄取率只有五分之一呢！

M：是哦。話說回來，時間過得真快。我來這裡的這幾年，他已經長那麼大了。那，送他成熟一點的東西吧。衣服好嗎？

F：衣服還可以，凡是會讓他分心的東西統統不行！

M：可是如果不送他喜歡的，我這個老爸又要被他抱怨怎麼送這種無聊的東西了。

F：上次也是，他天天只顧著打你買回來的電玩，說什麼都不肯去讀書！

M：都快上高中了，可能需要一支新的智慧型手機吧？

F：電腦和智慧型手機全部都等考上以後再說！總之，拜託你不要買會讓他分心的東西回來喔。

M：嗯……知道啦。

①②③母親對父親說，送給兒子的禮物只要是會讓應考生分心的東西全都不行，也就是說，妨礙讀書的東西全都不行。

Answer **4**

請問母親説希望帶什麼樣的禮物給兒子比較好呢？

1　對功課有幫助的東西

2　有益健康的東西

3　能讓心情放鬆的東西

4　不要妨礙用功的東西

選項1，雖說不能送會妨礙讀書東西，但並沒有説要送對功課有幫助的東西。

選項2和選項3，父親和母親都沒有提到有益健康的東西和能讓心情放鬆的東西。「気晴らし／散心」是指"使人心情舒暢"，也就是轉換心情的意思。

3番

会社で男の人と女の人が話しています。

M：課長にあんなこと言うんじゃなかった。つい口が滑った*1よ。

F：どうしてですか。思い切って言ってくれて助かりましたよ。だって、課長は直接お客様に文句を言われるわけではないし、私たちの仕事内容をそんなにしらないから、次々に仕事を任せてくるでしょう。限界ですよ。もう。

M：それはそうかもしれないけど、課長は課長でずいぶん上*2から言われてるんだよ。もっと人を減らせとか、経費を使いすぎるとか。

F：えっ、課長、そんなこと私たちに一言も言わないじゃないですか。言うのは具体的な指示ばかりで。

M：そりゃ、立場上そうするしかないよ。いちいち誰が言ったからとか、自分はこう思うけど、こうしろ、なんて言ったら現場は混乱するばかりだから。<u>特に課長はチームワーク第一の人でしょ。</u>① ◁── 關鍵句

F：ええ。で、意外と個人的な都合も考えてくれてますよね…。

□ 口が滑る 脱口而出，失言
□ 思い切って 大膽的，直截了當的
□ 限界 界線，限度
□ 経費 經費
□ 具体的 具體的
□ 強引 強勢；強制

二人は課長がどんな人だと言っていますか。

1　強引な人
2　部下に甘い人
3　協調性を重視する人
4　個人主義者

翻譯與解題

もんだい 1

もんだい 2

もんだい ❸

もんだい 4

もんだい 5

（3）

男士和女士正在公司裡聊天。

M：我剛才一時脫口而出*1，實在不該對科長講那種話。

F：為什麼不該講？我很感謝你直截了當，為大家講出心中的話呢！因為科長從來沒有親耳聽到顧客的抱怨，根本不太了解我們的工作內容，只管把工作一件又一件往我們身上堆！真是的，我已經受不了了啦！

M：話是這麼說啦，可是科長也有他的為難之處，受到不少上級*2的數落，比方要求他刪減人力啦，又罵他花了太多經費等等。

F：真的嗎？可是我從來沒聽過科長對我們說過那些事呀？他一向只給具體的命令而已。

M：哎，以他的立場只能這麼做嘛。要是他把別人訓示的每句話都照樣轉述給我們聽，或是他雖然有不同想法但還是必須那麼做，如此一來只會造成我們第一線人員無所適從罷了。<mark>尤其科長這個人總是把團隊合作擺在第一優先。</mark>

F：哦，這麼說，他其實會為每個員工著想喔……。

> ①「チームワーク第一／團隊合作第一優先」是重視團隊協調性的意思。

根據他們兩人的談話內容，科長是個什麼樣的人呢？

1　作風強勢的人
2　疼愛部屬的人
3　重視協調合作的人
4　個人主義者

Answer 3

> 選項1，女士提到「次々に仕事を任せてくる／把工作一件又一件往我們身上堆」後，男士則說以課長的立場只能這麼做。

> 選項2，科長對部屬較嚴格。

> 選項4，雖然對話中提到科長會為每個員工著想，但並沒有說科長是個人主義者。

*1 口が滑る＝脫口而出（無意中說出來了。）

*2 上＝上級、上司

4番

せんせい がくせい はな
先生が学生と話しています。

M：池上さんもいよいよ卒業ですね。

F：はい、先生には本当にお世話になりました。特に、卒業論文の
提出直前はもう今年はあきらめようかと思ったのですけど、励
ましていただいて、なんとか出せました。

M：あの時は、どうなることかとハラハラしたよ。でも、就職も決まっ
ていたし、方法は間違っていないので、もう少しがんばればい
いだけのことだと思ったから。

F：はい、今思えば、なんであんなに慌ててたんだろうって、自分
であきれます。

M：たぶん、これだけやった、という自信が持てるまでのことをしてい
なかったんじゃないかな。だから、先輩に厳しく指摘されて、これ
ではまずいって、思ったんでしょう。あの時は辛かったかもしれな
いけれど、ショックを受けたり、恥ずかしいと感じたり、負けるも
んかと思ったからこそ、必死でがんばって、いい論文が書けたんだね。

F：はい、ショックが大きいほどその後わいてくるエネルギーも大
きいって、今思えば、素晴らしいことを学んだと思います。① ＜ 關鍵句

□ ハラハラ 擔憂
□ 指摘 指出
□ ショック【shock】 衝
撃，吃驚
□ 必死 拼命

女の学生は、どんなことを学んだと言っていますか。

1 どんなこともあきらめたら終わりだということ。

2 自分で選んだ方法に間違いはないということ。

3 大事な目標のためには恥ずかしさを忘れ
なければならないこと。

4 ショックが大きいほどあとで大きな力に
なること。

翻譯與解題

もんだい 1

もんだい 2

もんだい ❸

もんだい 4

もんだい 5

（4）

教授和學生正在談話。

M：池上同學終於要畢業了。

F：是的，真的很感謝教授的照顧！尤其是在接近提交畢業論文的那段時間，我今年原本想放棄了。承蒙教授的鼓勵，總算趕出來了。

M：那時候我也為妳提心吊膽的。不過，既然已經獲得公司錄取了，並且妳的研究方法也沒有錯，我覺得只要再加把勁，應該就可以完成了。

F：您説得是。回過頭想想，自己也不懂當時為什麼那麼六神無主。

M：我想，妳那個時候可能對自己已經完成的部分還沒有十足的信心，所以被學長嚴詞批評後，覺得目前的進度還差太遠了。妳當下或許很難受，覺得深受打擊，或者感到羞愧，但正因為在這股不服輸的力量支撐之下，讓妳拚命努力，終究寫出了精彩的論文！

F：是的，打擊愈大，也相對激發出絕大的爆發力！現在回想起來，自己真的學到了寶貴的一課。

> ①女學生説自己領悟到了打擊愈大，也相對激發出絕大的爆發力。因此選項 4 是正確答案。

Answer **4**

請問女學生説自己學到了什麼樣的一課呢？

1 無論遇到任何事，一旦放棄就無法挽回了。

2 自己選擇的研究方法並沒有錯。

3 為了達成重要的目標，絕不可以忘記受到的恥辱。

4 打擊愈大，愈能成為強大的力量。

> 選項 1，雖然女學生説「あきらめようかと思った／原本想放棄了」，但並沒有説領悟到一旦放棄就無法挽回了。

> 選項 2 和選項 3 都是教授説的，並非女學生學到的。

5番 <ruby>ばん<rt></rt></ruby>

<ruby>飛行機<rt>ひこうき</rt></ruby>の<ruby>中<rt>なか</rt></ruby>で、<ruby>男<rt>おとこ</rt></ruby>の<ruby>人<rt>ひと</rt></ruby>と<ruby>女<rt>おんな</rt></ruby>の<ruby>人<rt>ひと</rt></ruby>が<ruby>話<rt>はな</rt></ruby>しています。

M：ああ、<ruby>今日<rt>きょう</rt></ruby>はよく<ruby>揺<rt>ゆ</rt></ruby>れるね。

F：それより、もうすぐ<ruby>食事<rt>しょくじ</rt></ruby>じゃない？お<ruby>腹<rt>なか</rt></ruby>すいたー。

M：えっ、もうすいたの？

F：<ruby>私<rt>わたし</rt></ruby>は<ruby>飛行機<rt>ひこうき</rt></ruby>って<ruby>食事<rt>しょくじ</rt></ruby>が<ruby>一番楽<rt>いちばんたの</rt></ruby>しみなんだ。メニューは<ruby>何<rt>なに</rt></ruby>かな。ねえ、<ruby>何<rt>なん</rt></ruby>だと<ruby>思<rt>おも</rt></ruby>う？

M：<ruby>機内食<rt>きないしょく</rt></ruby>どころじゃないから<ruby>何<rt>なん</rt></ruby>でもいいよ。あっ、また<ruby>揺<rt>ゆ</rt></ruby>れてる。<ruby>落<rt>お</rt></ruby>ちそう。<u>こんなところから<ruby>落<rt>お</rt></ruby>ちたりしたら<ruby>絶対助<rt>ぜったいたす</rt></ruby>からないよ</u>。 ◁ 關鍵句 ①

F：<ruby>大丈夫<rt>だいじょうぶ</rt></ruby>よ。じゃ、<ruby>私<rt>わたし</rt></ruby>が<ruby>食<rt>た</rt></ruby>べてあげようか。

M：ああ<ruby>食<rt>た</rt></ruby>べていいよ。いやだなあ。<u>なんで<ruby>飛行機<rt>ひこうき</rt></ruby>はこんなところ</u> ◁ 關鍵句 を<ruby>飛<rt>と</rt></ruby>べるのか<ruby>不思議<rt>ふしぎ</rt></ruby>だよ②。だから<ruby>僕<rt>ぼく</rt></ruby>が<ruby>言<rt>い</rt></ruby>ったでしょう。<ruby>速<rt>はや</rt></ruby>くなくても<ruby>揺<rt>ゆ</rt></ruby>れてもいいから<ruby>船<rt>ふね</rt></ruby>にしようって。あっ、また<ruby>揺<rt>ゆ</rt></ruby>れた。シートベルトちゃんと<ruby>締<rt>し</rt></ruby>めてる？

F：もちろん。でも<ruby>飛行機<rt>ひこうき</rt></ruby>って<ruby>動<rt>うご</rt></ruby>けないのがつまらないのよね。こっちばっかりじゃなくてあっちの<ruby>景色<rt>けしき</rt></ruby>はどうなってるのかも<ruby>見<rt>み</rt></ruby>たいのに。

M：<ruby>同<rt>おな</rt></ruby>じだよ。それに、そんなの<ruby>見<rt>み</rt></ruby>たくない。<u><ruby>考<rt>かんが</rt></ruby>えただけでぞーっ</u> ◁ 關鍵句 <u>とするよ</u>。<ruby>帰<rt>かえ</rt></ruby>りは<ruby>船<rt>ふね</rt></ruby>にしたいよ③。

F：いいけど、<ruby>船<rt>ふね</rt></ruby>は<ruby>時間<rt>じかん</rt></ruby>がかかりすぎるからね。

□ <ruby>機内食<rt>きないしょく</rt></ruby> 飛機餐

□ シートベルト【seat belt】 安全帶

□ ぞっとする 令人害怕

<ruby>男<rt>おとこ</rt></ruby>の<ruby>人<rt>ひと</rt></ruby>は<ruby>何<rt>なに</rt></ruby>が<ruby>苦手<rt>にがて</rt></ruby>なのですか。

1 <ruby>機内食<rt>きないしょく</rt></ruby>

2 <ruby>高<rt>たか</rt></ruby>いところ

3 <ruby>自由<rt>じゆう</rt></ruby>に<ruby>動<rt>うご</rt></ruby>けないこと

4 <ruby>飛行機<rt>ひこうき</rt></ruby>の<ruby>音<rt>おと</rt></ruby>

翻譯與解題

もんだい 1

もんだい 2

もんだい ❸

もんだい 4

もんだい 5

（5）

男士和女士正在飛機上交談。

M：天啊，今天晃得好厲害！

F：對了，等一下就會送餐了吧？我肚子好餓喔。

M：啥？妳已經餓了？

F：我搭飛機最期待的就是飛機餐囉！不知道今天
提供哪些菜色，你猜是什麼呢？

M：我現在沒心情想飛機餐，隨便給什麼都行啦！
啊，又在晃了！好像快掉下去了啦！萬一在這
麼高的地方墜機，絕對小命不保！

F：不會有事啦。那，我把你那份餐吃掉囉？

M：嗯，妳儘管統統吃了。真受不了。飛機居然能
在這麼高的地方飛行，實在不可思議。我那時
不是告訴過妳，就算比較慢、比較搖，我們還
是搭船才安全嘛。啊，又開始晃了！妳安全帶
扣緊了沒？

F：當然扣緊囉。可是飛機不晃動就沒意思了呀。
這邊的景色我已經看膩了，真想瞧瞧另一邊的
風景呀！

M：兩邊都一樣啦！我一點都不想看！光是想到
在那麼高的地方就渾身發抖。我們回程改搭船
啦！

F：搭船也無所謂，可是會耗費很多時間喔。

①②③男士比較飛機和船
後説了「こんなところから
落ちたりしたら／萬一在這
麼高的地方墜機」、「なん
で飛行機はこんなところを
飛べるのか不思議／飛機居
然能在這麼高的地方飛行，
實在不可思議」。由此可見
他懼高。

Answer 2

請問男士害怕什麼呢？

1　飛機餐

2　高處

3　無法自由行動

4　飛機的噪音

選項1，雖然男士提到「機
內食どころじゃない／沒心
情想飛機餐」，但並不表示
他不喜歡吃飛機餐。

選項3，飛機不晃動就沒
意思了是女士説的。

選項4，對話中沒有提及
噪音。

6番
ばん

こうじょう工場で、おとこ男のひと人とおんな女のひと人がはな話しています。

M：どくりつ独立したスペースがいるんで、ここにひとつ部屋を作るようにへや つくしたいんですよ。で、いくらぐらいかかるかなって。

F：ガラスば張りのですか。外からみ見えるような。

M：そうです。

F：どれぐらいのかべ つく壁を作りますか。たと例えば、おと も音が漏れないように、またそと おと き外の音も聞こえないようにするとか。ただどくりつ かたち独立した形でいいなら、いた しかく板で四角いスペースをかこ囲めばいいとか…。

M：せいひんけん さ しつ製品検査室にしたいんです。だから、なか み中は見えてもいいんだけど、おと も ほう音は漏れない方がいい。

F：エアコンもとうぜん当然いりますよね。

M：そうですね。ちょうじ かん さぎょう長時間作業することもあるとおも思うから、いりますね。なるべくうるさいおと で音の出ないやつ。

F：なんにん さぎょう何人ぐらいで作業をするんでしょうか。

M：おお にん多くて3、4人です。

F：だいたいわかりました。<u>ひととお はか通り測ってみて、しゃしん と写真を撮って、</u>〈關鍵句<u>しゃ かえ みつ だ社に帰って見積もりを出します。</u>①

おんな ひと しごと女の人はどんな仕事をしていますか。

1 けいさつかん警察官

2 カメラマン

3 デザイナー

4 けんちく し建築士

翻譯與解題

もんだい
1

もんだい
2

もんだい
❸

もんだい
4

もんだい
5

（6）

男士和女士在工廠裡談話。

M：我需要一個單獨的空間，希望在這個地方隔出一個房間。這樣的話，大概要花多少錢呢？

F：玻璃隔間的嗎？就是從外面可以看到裡面的那種。

M：對。

F：您想做多厚的牆壁呢？舉例來說，是否需要裡面的聲音不會傳出去，也不會聽見外面的聲音。如果只需要一個單獨隔間，也可以用木板圍出一個方形空間就好……。

M：我想把這裡當作產品檢查室。所以，可以看到裡面無所謂，但是最好能夠隔音。

F：當然也需要裝空調吧？

M：對，有時候可能需要在裡面作業很長的時間，應該需要空調。盡量選靜音的機種。

F：請問大約多少人在裡面作業呢？

M：最多三到四人。

F：大致的需求都了解了。我先丈量和拍照，回到公司後再給您估價單。

> 男士説要用玻璃隔出一間隔音的房間當作產品檢查室。對於這個要求，女士回答了①的部分，由此可知女士是一位建築師。

Answer **4**

請問女士從事什麼工作呢？

1 警察
2 攝影師
3 設計師
4 建築師

> 選項 3 不正確，設計師是指賦予作品設計感，使其達到視覺效果的工作。建築師則是指從設計到建構，整合、實踐各種建築結構甚至設備的工作。由此可見，建築師更符合女士的工作。

N1 聴力模擬考題　問題 3　第三回

(3-17)

問題 3 では、問題用紙に何も印刷されていません。この問題は、全体としてどんな内容かを聞く問題です。話の前に質問はありません。まず話を聞いてください。それから、質問とせんたくしを聞いて、1 から 4 の中から、最もよいものを一つ選んでください。

(3-18) **例**　【答案詳見：232 頁】

答え：① ② ③ ④

- メモ -

(3-19) **1 番**　【答案跟解説：142 頁】

答え：① ② ③ ④

- メモ -

(3-20) **2 番**　【答案跟解説：144 頁】

答え：① ② ③ ④

- メモ -

【3-21】**3 番**　ばん　【答案詳見：146 頁】

- メモ -

もんだい 1

【3-22】**4 番**　ばん　【答案詳見：148 頁】

- メモ -

もんだい 2

もんだい ❸

【3-23】**5 番**　ばん　【答案詳見：150 頁】

- メモ -

もんだい 4

もんだい 5

【3-24】**6 番**　ばん　【答案詳見：152 頁】

- メモ -

問題3では、問題用紙に何も印刷されていません。この問題は、全体としてどんな内容かを聞く問題です。話の前に質問はありません。まず話を聞いてください。それから、質問とせんたくしを聞いて、1から4の中から、最もよいものを一つ選んでください。

1番

テレビで、男の人が話しています。

M：暑い夏に涼しく過ごせるのも、寒い冬にあたたかく過ごせるのも科学技術の恩恵です。人類が宇宙に行き、ステーションを作る。新たなエネルギーを生み出す。<u>科学は進むことをやめません</u>。<u>しかし、それはなんのためでしょうか</u>。日本でも、そして外国でも自然災害が続いています。地震で多くの犠牲者が出て、人々の心の傷も、体の傷も治らないうちに、次の災害が起こります。古代から自然災害は突然、人々の平和を襲います。その間を縫って、人類は生きるための便利な道具を作ってきました。しかし、近年、その目的は豊かさや便利さであって、安全に向けたものではなくなっているのではないでしょうか。武器の開発も例外ではないでしょう。大きい災害が発生するたびに、<u>安全に生きるための科学技術に、人類の知恵を使うことはできないのか</u>、私はそう思えてしかたがありません。

> 關鍵句 [1]
> 關鍵句 [2]
> 關鍵句 [3]

□ ステーション【station】車站
□ 自然災害 自然災害・天災
□ 犠牲者 犧牲者
□ 武器 武器
□ 例外 例外
□ 知恵 智慧

男の人は何について話していますか。

1　自然災害と文化について
2　人類の進化について
3　人類の平和について
4　科学技術の目的について

第三大題。答案卷上沒有印任何圖片和文字，這一大題在測驗是否能聽出內容主旨。再說話之前，不會先提供每小題的題目。請先聽完對話，再聽問題和選項，從選項1到4當中，選出最佳答案。

（1）

男士正在電視節目上發表意見。

M：我們之所以能夠享受冬暖夏涼的生活，一切都拜科技之賜。人類可以到外太空架設太空站，人類可以研發出嶄新的能源。科學從不停下前進的腳步。然而，科技進步的目的是什麼呢？在日本也好，在外國也罷，天然災害仍然持續發生。許多人在地震中罹難，人們心靈的創傷和身體的傷痕都還來不及痊癒，下一起災害又發生了。從古至今，天然災害總是突如其來，重創人們平靜的生活。而人類就趁著這一場場災害與災害之間的短暫空檔，製造出有利於生活便捷的工具。可是近年來，這些工具的用途，除了讓人類的生活變得更加豐饒、更加便利，是否也變得愈來愈不安全呢？武器的研發正是其中一個例子，不是嗎？每一次發生大規模災害的時候，我總是忍不住思考：難道人類的智慧不能運用在增進生活安全的科學技術上嗎？

【整體架構】：①（破題）科學從不停下前進的腳步→②（提出問題）科技進步的目的是什麼呢→③（作者的想法）希望人類將智慧運用在增進生活安全的科學技術上。

Answer 4

請問男士正在談討的主題是什麼呢？
1 關於天然災害與文化
2 關於人類的進化
3 關於人類平靜的生活
4 關於科學技術的目的。

選項1和選項2，男士從頭到尾都沒有提到文化和進化。

選項3，雖然男士提到自然災害破壞了人類生活的和平，但這並不是男士談話的重心。

翻譯與解題

もんだい1 もんだい2 もんだい❸ もんだい4 もんだい5

[概要理解] 143

2番

男の人と女の人が話をしています。

F：もう入社して一か月なんだけど、どうも職場の人とうまく話が <關鍵句

　　できなくて。

M：へえ。大学の時①はあんなに楽しそうに話していたのに。

F：年が違うからかな。父よりちょっと若いぐらいの男の人が多いし、

　　女の人もいるけど話さないし。仕事の話も最小限*なんだよね。

M：あっちもそう思ってるんじゃない？

F：そうなのかなあ。どんな話題を出したらいいか、難しくて。

M：あのさ、話しかけられやすい雰囲気を作ったら？例えば、朝早 <關鍵句

　　く出勤する②とか。

F：早めには行ってるよ。

M：一番に行くんだよ③。それで、コーヒーでも飲みながら新聞読ん <關鍵句

　　でるんだ。そうすると、次に来た人が話しかけてくれるだろう？

　　他の人がいないと、話しやすいもんだよ。ひどい雨だね、とか。

　　もしかすると偉い人が意外な話をしてきたりする。昨日は子ど

　　もの運動会で、とか。仕事も早く始められるし、誰かの手伝い

　　もできるから喜ばれるよ。

F：そうか。うん。それ、さっそくやってみる。ありがとう。

□ 職場 工作單位，工作場所

□ 最小限 最低限度

□ 話題 話題

□ もしかすると 或許

□ 積極的 積極的

男の人はどんなアドバイスをしましたか。

1　誰にでも自分から積極的に話しかけること。

2　朝、一番早く出勤すること。

3　朝は必ずコーヒーを飲むこと。

4　偉い人に意外な話をしてみること。

翻譯與解題

もんだい 1

もんだい 2

もんだい ❸

もんだい 4

もんだい 5

（２）

男士和女士正在聊天。

F：我進公司已經一個月了，可是到現在仍然沒辦法和同事多聊幾句。

M：是哦？妳上大學時不是和大家都聊得很開心嗎？

F：可能年紀不一樣了吧。很多男同事只比我爸少個幾歲；雖然有女同事，但幾乎沒有對話。就算談工作，也只把該講的事講完就沒了＊。

M：說不定對方也覺得和妳沒話聊吧？

F：會這樣嗎？我實在想不出來該和他們聊什麼話題。

M：我跟妳說，要不要試著營造容易聊天的情境？舉例來說，妳早一點到公司。

F：我現在已經提早上班了呀！

M：妳要第一個到才行！然後一面喝咖啡一面瀏覽新聞，這樣一來，第二個進辦公室的人一定會找妳攀談幾句，對吧？只要沒有其他人在場，就比較容易聊起來，譬如：今天雨下得好大啊。而且說不定高階主管會談起令人意想不到的話題，例如：昨天去參加了孩子的運動會。而且，早點到就可以提早開始工作，也能幫忙其他同事，他們一定會很高興的。

F：原來如此。嗯，我明天就試試！謝謝！

【對話的走向】：①無法在職場上和同事多聊幾句的女士正在請教男士。②男士建議，營造容易聊天的情境。③男士向女士提議，早上第一個到公司。

男士並沒有建議選項 1 和選項 3 的內容。

-- Answer 2

請問男士提供了什麼樣的建議呢？

1　自己能夠主動和任何人攀談。

2　早上第一個到公司上班。

3　早上一定要喝咖啡。

4　試著和高階主管聊一聊令人意想不到的話題。

選項 4，雖然男士提到高階主管也許會談起令人意想不到的話題，但並沒有建議女士試著和高階主管聊意想不到的話題。

＊最小限＝最低限度（最少。只做必要的事。）

3番

テレビで女の人が話をしています。

F：笑う門には福来る、ということわざがあります。<u>いつもにこに</u> <u>こしていれば、その人のまわりには安心して人が集まってきま</u> <u>す。笑っている人というのはくだらないことにこだわりません。</u> <u>前向きな気持ちで物事を行えるから、うまくいくことが多いの</u> <u>です。</u>[1]さらに心に余裕がありますから、人の失敗にも腹が立ち ません。<u>問題が起こっても、笑えば脳の緊張もとけ、筋肉もや</u> <u>わらかくなるため、よく眠ることができて、健康でいられます。</u> いいことばかりですね。昔の人は、本当にすばらしいことを言[2] うなあと思います。

〔關鍵句〕〔關鍵句〕

□ 前向き 積極
□ 余裕 從容
□ 腹が立つ 生氣
□ 筋肉 肌肉
□ 健康 健康

女の人が言ったことわざは、いつも何をして いるといい、という意味ですか。

1 笑っている。
2 前向きに考えている。
3 健康でいるように心がけている 。
4 物事にこだわらずにいる。

（3）

女士正在電視節目上發表看法。

F：有句俗諺叫作「笑口常開福滿門」。一個人
若是臉上經常掛著笑容，必定會有很多人十分
放心地聚集在他的身邊。笑嘻嘻的人不會在乎
芝麻小事，為人處世總是抱持著積極樂觀的態
度，因此人生時常一帆風順。並且，這樣的人
擁有寬大的心胸，所以對別人犯錯不會生氣。
即使發生問題，只要一笑就會抒解大腦的壓
力，肌肉也跟著放鬆下來，於是能夠一夜好
眠，常保身體健康。說起來，好處真是無窮無
盡。我覺得古人的這句話實在精妙無比！

> 「笑う門には福来たる／
> 笑口常開福滿門」是指好事
> 自然會發生在笑口常開的人
> 身上。笑口常開的人會讓人
> 想要親近，做起事來也能順
> 利進行。並且常笑對身體有
> 益。因此談話的主題是「に
> こにこ／笑」，選項1是正
> 確答案。

--- Answer **1**

請問女士說的這句俗諺，意思是建議大家應該
隨時保持什麼樣的行為態度呢？

1　笑容滿面。
2　積極樂觀的思考。
3　注意保持身體健康。
4　為人處世不要太過在意。

翻譯與解題

もんだい

1

もんだい

2

もんだい

❸

もんだい

4

もんだい

5

4番

テレビで、教育評論家が話しています。

F：<u>友達にあやまる時や、バイトを休みたい時、つきあっている相手との交際をやめたいとき、メールやSNSを使う人が増えています。</u>① これは中学生や高校生に限ったことではなく、大学生もそうです。相手がメッセージを読めばとりあえず目的は達成できるから、とても楽なんですね。相手の怒りや悲しみに向き合わずに済みますから。ただ、10代の頃にこのコミュニケーションの方法に慣れてしまったら、社会人になってから直接、相手の感情を受け止めるのは大変です。誰でも、相手と衝突するのは嫌なものですが、その嫌なことを乗り越えるためには、人がどんなときに、どんな風に思うのかをしっかり学ばなければならないのではないでしょうか。

＜關鍵句

□ 評論家 評論家
□ 交際 交際，交流
□ 向き合う 面對面
□ 受け止める 理解；接住
□ 衝突 衝突；矛盾
□ 乗り越える 越過；超越

どんなことをメールやSNSで伝える人が増えていると言っていますか。

1　早く伝えたいこと
2　簡単なこと
3　言いにくいこと
4　わかりにくいこと

（4）

教育評論家正在電視節目上發表意見。

F： 現在有愈來愈多人透過手機電子郵件或SNS向
朋友道歉、向兼差工作的老闆請假，乃至於向
正在交往的對象表達分手的意願。這種情形不
僅發生在中學生和高中生身上，甚至連大學生
亦是如此。反正對方只要讀到訊息也就達到目
的了，非常輕鬆方便，不必親自面對另一方的
憤怒或悲傷。問題是，如果從十幾歲時就習慣
了這種溝通方式，等到進入社會之後才開始直
接面對另一方的情緒，這時候就不知道該如何
應對了。任何人都討厭和對方發生衝突，但是
為了克服那種討厭的狀況，難道不該認真學習
別人在什麼樣的時刻會有什麼樣的感受嗎？

①舉例説明在什麼樣的情
況下，使用SNS或電子郵件
的人正在逐漸增加。而這裡
舉的例子正是「言いにくい
こと／難以啟齒的訊息」。

Answer **3**

她認為有愈來愈多人透過手機電子郵件或 SNS
告知什麼樣的訊息呢？

1 希望盡快告知對方的訊息

2 簡單的訊息

3 難以啟齒的訊息

4 不易理解的訊息

談話中沒有特別敘述其他
選項的內容，也沒有提到在
這些情況下用SNS等管道傳
達訊息的人正在增加。

翻譯與解題

もんだい 1

もんだい 2

もんだい ❸

もんだい 4

もんだい 5

5番
ばん

男の人と女の人が歩きながら話しています。
おとこ ひと おんな ひと ある はな

M：もうこんな時間だ。座る場所がなくてずっと立ったまま見てな
じ かん すわ ば しょ た み

くちゃならなかったのがつらかったな。でも、純一も若菜も頑
じゅんいち わか な がん

張っていたね。
ば

F：そうね。若菜は走るのが速くなっていてびっくりしちゃった。 ◁─ 關鍵句
わか な はし はや
① └─┘

M：僕に似たんだな。僕も小学校の時は結構、速かったんだよ。
ぼく に ぼく しょうがっこう とき けっこう はや

F：純一は私かな。スポーツより音楽なのよね。ピアノが大好きで…。
じゅんいち わたし おんがく だい す

だからかな？ダンスはすっごく一生懸命やっていて、じーんとし ◁─ 關鍵句
いっしょうけんめい
② └─┘

ちゃった。男の子だから、もうちょっと速く走れたらいいと思っ
おとこ こ はや はし おも

てたからちょっと残念だけど、好きなことがあればいいよね。
ざんねん す

M：うん。男がスポーツ、女は音楽、なんていう考え方はもう古いよ。
おとこ おんな おんがく かんが かた ふる

二人とも楽しそうに頑張っていたのは何よりだ。帰ったらたっ
ふた り たの がん ば なに かえ

ぷりほめてやろうよ。

F：そうね。夕飯は二人の好きなハンバーグにしましょう。
ゆうはん ふた り す

□ びっくり 吃驚
□ 似る 像
に
□ 入学式 開學典禮
にゅうがくしき
□ 発表会 發表會
はっぴょうかい

二人は何をしてきたところですか。
ふた り なに

1 子どもの入学式に出席した。
こ にゅうがくしき しゅっせき

2 子どもの運動会を見てきた。
こ うんどうかい み

3 子どもの授業を見に行ってきた。
こ じゅぎょう み い

4 子どもの音楽発表会に行ってきた。
こ おんがくはっぴょうかい い

翻譯與解題

もんだい 1

もんだい 2

もんだい ❸

もんだい 4

もんだい 5

（5）

男士和女士邊走邊聊天。

M：沒想到已經這麼晚了。沒有地方可坐，只能站著從頭看到尾，實在很辛苦。不過，純一和若菜都很努力喔！

F：是呀。若菜跑步的速度變得那麼快，嚇了我一跳呢！

M：跑得快是像我吧。我讀小學時也跑得很快。

F：純一大概是像我吧，音樂比運動拿手，他最喜歡的就是彈鋼琴了……。可能是這個原因，所以他非常努力地跳大會舞，看得我好感動啊。畢竟是男孩，我本來希望他跑步能再快一點。雖然有些遺憾，但只要他找到自己的興趣，也就無所謂了。

M：嗯。男孩應該擅長運動，女孩就該擅長鋼琴，這種思考模式已經過時了。他們兩個都很開心地努力參與各種活動，才是最重要的。回到家要好好稱讚他們一番喔！

F：說得也是。晚餐就做他們喜歡的漢堡吧！

①②學校的活動中要跑步、跳大會舞的是運動會。這是兩人觀賞完運動會後的對話。

--- Answer **2**

請問他們兩人剛才參加了什麼活動呢？

1　出席了孩子的開學典禮。

2　觀賞了孩子的運動會。

3　觀摩了孩子的上課情形。

4　參加了孩子的音樂成果發表會。

其他選項的活動不需要跑步、跳大會舞。

選項 4，女士提到純一的音樂比運動拿手，所以他非常努力地跳大會舞。

6番

病院で、女の人と医者が話しています。

M：この病気は、お酒もそうですが、コーヒーなどのカフェイン、あと、重いものを持つような姿勢が原因になることもあります。高齢でもなりますが、若い人がかかりやすいんです。ストレスでなる場合もあります。何か思い当りますか。

F：お酒はのまないんですけど、コーヒーはよく飲みます。

M：<u>カフェインは治るまで控えた方がいいですね。あと、コーラは</u> ←關鍵句
　<u>よくないです。</u>①

F：<u>刺激物もだめなんですね。</u>② ←關鍵句

M：ええ。それと、<u>ソーセージなど肉を加工したものや、油で揚げ</u> ←關鍵句
　た物など、脂肪が多いものも、避けてください。逆に、<u>乳製品</u> ←關鍵句
　はいいですよ。牛乳やヨーグルトは積極的に。③ ④

F：はい…。あとはどうでしょうか。

M：そうですね。とにかく消化がよくて、やわらかく、胃にやさしいものを食べてください。食事以外のことでうまく気分転換をしてください。

□ **カフェイン**【(徳)Kaffein】
　咖啡因
□ **刺激物** 刺激性物質
□ **ソーセージ**【sausage】
　香腸
□ **加工** 加工
□ **脂肪** 脂肪
□ **消化** 消化
□ **漬物** 醃製物

女の人に適当な食事はどれですか。

1　刺身、てんぷら、漬物

2　カレー、ハムサラダ、牛乳

3　うどん、とうふの煮物、ヨーグルト

4　ラーメン、揚げぎょうざ、ヨーグルト

M：這種病的病因可能是酒，以及咖啡等飲料中的
　　咖啡因，另外也可能是搬提重物的姿勢所造成
　　的。不只年紀大的人，年輕人也容易罹患。有
　　時候則是因為壓力導致的。以上有沒有符合哪
　　一項呢？

F：我不喝酒，但是常喝咖啡。

M：**在痊癒之前，最好避免攝取咖啡因。還有，可
　　樂也不好。**

F：**具有刺激性的東西也不行吧？**

M：對。除此之外，**像香腸那種肉類加工品以及油
　　炸物等等脂肪含量高的東西，也請避免食用。
　　不過，乳製品倒是很好，請盡量多喝牛奶和吃
　　優格。**

F：好的……。還有其他需要注意的事項嗎？

M：我想想……，總而言之，請吃容易消化、比較
　　柔嫩、不會造成胃部負擔的食物。並且透過大
　　吃大喝以外的方式來抒解緊繃的情緒。

請問適合女士的飲食是以下哪一類？

1　生魚片、炸蝦、醬菜

2　咖哩、火腿沙拉、牛奶

3　烏龍麵、豆腐燉菜、優格

4　拉麵、鍋貼、優格

整理醫生說的注意事項：
【應避免的食物】酒、咖
啡、可樂、肉類加工品、油
炸物、脂肪含量高的食物

【對身體好的食物】乳製
品、容易消化、不會造成胃
部負擔的烏龍麵、豆腐燉
菜。另外，醫生建議盡量多
吃優格。因此，選項3是正
確答案。

選項1，炸蝦是油炸物，
應避免。

選項2，咖哩是刺激性食
物。肉類加工品的火腿也應
避免。

選項4，拉麵、鍋貼的油
脂含量高，應避免。

もんだい 1

もんだい 2

もんだい ❸

もんだい 4

もんだい 5

Memo

即時応答

在聽完簡短的詢問之後，測驗是否能夠選擇適切的應答。

考前要注意的事

▶ 作答流程 & 答題技巧

聽取說明	先仔細聽取考題説明

↓

聽取問題與內容	這是全新的題型。測驗目標是在聽取詢問、委託等短句後，立即判斷合適的回答。選項不會印在考卷上。 **預估有 14 題左右** 1 提問及選項都在錄音中，而且都很簡短，因此要集中精神聽取會話中的表達方式，馬上理解是誰要做什麼事。作答要當機立斷，答後立即進入下一題。 2 掌握發音變化和語調高低是解題的關鍵。

↓

答題	再次仔細聆聽問題，選出正確答案

N1 聴力模擬考題　問題4　第一回

問題4では、問題用紙に何も印刷されていません。まず文を聞いてください。それから、それに対する返事を聞いて、1から3の中から、最もよいものを一つ選んでください。

(4-2) 例　【答案詳見：233頁】　　　　　　　　　　答え：① ② ③ ④

- メモ -

(4-3) 1番　【答案跟解説：160頁】　　　　　　　　答え：① ② ③ ④

- メモ -

(4-4) 2番　【答案跟解説：160頁】　　　　　　　　答え：① ② ③ ④

- メモ -

(4-5) 3番 【答案詳見：160頁】　　　答え：① ② ③ ④

- メモ -

(4-6) 4番 【答案詳見：162頁】　　　答え：① ② ③ ④

- メモ -

(4-7) 5番 【答案詳見：162頁】　　　答え：① ② ③ ④

- メモ -

【答案詳見：162 頁】 答え：①②③④

- メモ -

【答案詳見：164 頁】 答え：①②③④

- メモ -

【答案詳見：164 頁】 答え：①②③④

- メモ -

【答案詳見：164 頁】 答え：①②③④

- メモ -

(4-12) 10 番 【答案詳見：166頁】　　　答え：① ② ③ ④

- メモ -

(4-13) 11 番 【答案詳見：166頁】　　　答え：① ② ③ ④

- メモ -

(4-14) 12 番 【答案詳見：166頁】　　　答え：① ② ③ ④

- メモ -

(4-15) 13 番 【答案詳見：168頁】　　　答え：① ② ③ ④

- メモ -

問題4では、問題用紙に何も印刷されていません。まず文を聞いてください。それから、それに対する返事を聞いて、1から3の中から、最もよいものを一つ選んでください。

Answer **2**

1番

M：さっき田中さんが退職をされると伺って驚きました。

F：1　もう行ってらっしゃったんですね。

　　2　もうお耳に入ったんですね。

　　3　もう質問されたんですね。

（1）

M：我剛才聽說田中先生退休的消息，嚇了一跳。

F：1　已經去了呢。

　　2　原來已經傳到您耳中了。

　　3　已經被問過了呢。

Answer **2**

2番

M：半分ぐらいはやっとかないと、まずい*よ。

F：1　大丈夫。もうやめるから。

　　2　そうだね、もうちょっとやっちゃおう。

　　3　ようやくできたのに、おいしくない？

（2）

M：至少要先做一半左右，不然就慘了*。

F：1　別擔心，已經放棄了。

　　2　就是說呀，再多做一點吧！

　　3　好不容易才做好的，不好吃嗎？

Answer **1**

3番

M：ああ、加藤さんにあんなことを言うんじゃなかった。

F：1　言ってしまったものはしかたないよ。潔く謝ったら？

　　2　そうだよ。加藤さんじゃなくて田中さんだよ。

　　3　そうだね。大事なことなのに言わなかったね。

（3）

M：唉，實在不應該對加藤小姐講那種話。

F：1　既然話已經說出口，也沒辦法收回來了。不如乾脆一點向她道歉吧？

　　2　就是說嘛，不是加藤小姐，而是田中先生啦！

　　3　是呀，明明是重要的事，卻沒有告訴她。

第四大題。答案卷上沒有印任何圖片和文字，請先聽完主文，再聽回答，從選項1到3當中，選出最佳答案。

翻譯與解題

もんだい 1

もんだい 2

もんだい 3

もんだい ❹

もんだい 5

男士説聽到田中先生退休的消息嚇了一跳。對於男士的發言，女士回答「已經傳到您耳中了」。

「伺う」是「聞く」的謙讓語。

選項1是當聽到對方説「さっき、～に行った／剛才已經去～了」時的回答。

選項3是當聽到對方説「さっき、～について質問した／剛才問了有關～」時的回答。

| □ 耳(みみ)に入(はい)る 聽到，傳到耳朵裡

一起工作的男士説「至少要先做一半左右，不然就慘了」徵求女士的附和，女士也同意他的説法。

選項1是當對方説「疲れたんじゃない？もうそのくらいでやめたら？／累了嗎？不如暫時做到這樣就好了？」時的回答。

選項3是當對方説「このお菓子、まずいね／這個點心真難吃呀」時的回答。

* まずい＝慘了（在這裡是「都合が悪い。具合が悪い／糟了。慘了」的意思。也有食物不好吃的含意，選項3的回答用的是這個意思，因此錯誤。）

| □ とく 先～（「ておく」的口語略縮形。）

男士為向加藤小姐説過的話感到後悔，女士正建議男士去道歉。

選項2是當對方説「名前を間違えていた／弄錯名字了」時的回答。

選項3是當對方説「加藤さんにあのことを言えばよかった／如果當時告訴加藤小姐那些話就好了」時的回答。

| □ 潔(いさぎよ)く 乾脆的

4番

M：部長、私が行くことになっていた出張、中村君に代わってもらっても構わないでしょうか*。

F：1　よかったですよ。
　　2　構わなかったですよ。
　　3　いいですよ。

（4）

M：經理，原本決定由我前往，可否*請中村代替我出差呢？

F：1　太好了喔！
　　2　當時沒關係呀！
　　3　可以呀！

5番

F：今、ぐずぐずしている*と、あとであわてることになるよ。

M：1　うん、でも、なんかめんどうくさくて。
　　2　うん。笑っているわけじゃないよ。
　　3　うん。雨だからぜんぜん乾かないよ。

（5）

F：要是現在還拖拖拉拉*的，等一下就要匆匆忙忙囉！

M：1　嗯，可是，有點懶得去。
　　2　嗯，我沒有在笑啊！
　　3　嗯，因為下雨，衣服完全乾不了。

6番

M：この部屋、掃除するからちょっとあっち行ってて。

F：1　これを運べばいいんだね。
　　2　座っているから大丈夫。
　　3　わかった。ありがとう。

（6）

M：我要打掃這個房間，你先去那邊一下。

F：1　把這個搬過去就行了吧？
　　2　我坐著所以沒關係。
　　3　知道了，謝謝。

男士正在詢問部長是否可以讓其他人代替他出差。

選項1和選項2用的是過去式，所以不正確。

＊構わないでしょうか＝是否可以（是 "～的話可以嗎？" 的意思。）

| □ 代わる 代替

這題的情況是女士正在提醒因為沒有幹勁而慢吞吞的男士。

選項2是當對方說「そんなことに笑ったりしないでよ／不要嘲笑我的那件糗事啦！」時的回答。

選項3是當對方說「洗濯物、なかなか乾かないね／洗好的衣服遲遲乾不了呀」時的回答。

＊ぐずぐずする＝拖拖拉拉（沒有幹勁、磨磨蹭蹭的樣子。）

| □ めんどうくさい 非常麻煩

這題的情況是男士要打掃這間房間，所以請房間裡的女士離開一下。女士正向他道謝。

選項1是當對方說「この部屋、掃除するから手伝って／我要打掃這間房間，你也一起幫忙」時的回答。

選項2是當對方說「長い間待っていると疲れるよ／等好久很累吧」時的回答。

| □ 運ぶ 搬運

翻譯與解題

もんだい 1

もんだい 2

もんだい 3

もんだい ❹

もんだい 5

Answer **3**

7番

F：面接で、留学生からなかなか鋭い質問が出たんですよ。

M：1 新人だからまだ勉強不足なんですね。

　　2 もっとたくさんの質問が出るかと思いましたが。

　　3 今年は頭の切れる*学生が多いですね。

（7）

F：面試的時候，留學生提出了相當靈活的問題呢！

M：1 畢竟是新人，還有很多該學的吧！

　　2 我原本以為會提出更多問題呢！

　　3 今年聰明的*學生很多喔！

Answer **1**

8番

M：何時間も煮たスープが、ほら、台無しだ。

F：1 ああ、こげちゃったんだね。

　　2 本当だ。こんなにおいしいスープ飲んだの、初めて。

　　3 うん。足りない材料を買ってくるよ。

（8）

M：你看，已經熬了好幾個小時的湯，整鍋全毀了。

F：1 唉，都焦了呀！

　　2 真的耶！我第一次喝到這麼鮮美的湯！

　　3 嗯，我去買缺少的食材吧！

Answer **1**

9番

F：たか子ったら、新しいバッグ、見せびらかしてるんだよ。

M：1 もしかして、うらやましい？自分も欲しいの？

　　2 そんなに欲しがっているなら、買ってあげたら？

　　3 ちゃんと閉めておいた方がいいよ。スリが多いから。

（9）

F：貴子真是的，故意炫耀她的新皮包。

M：1 該不會是羨慕她吧？妳也想要？

　　2 她那麼想要的話，我買給她？

　　3 把皮包牢牢關緊比較好喔，扒手太多了。

翻譯與解題

もんだい 1

もんだい 2

もんだい 3

もんだい ❹

もんだい 5

　　入學面試（或就業面試）中，擔任面試官的女士說留學生提出了「銳い質問が出た／提出了相當靈活的問題」。男士也同意女士的感想。

　　選項1，女士是在稱讚留學生。對此，「勉強不足なんです／還有很多該學的」的回答並不合適。

　　選項2是當對方說「あんまり質問が出なかったね／不怎麼提問呢」時的回答。

＊頭の切れる＝聰明（是「頭がよく働く。鋭い／腦筋動很快。敏銳」的意思。）

| □ 鋭(するど)い 靈活的；敏銳的

　　這題的情況是男性把熬焦了的湯拿給女士看。

　　選項2用在將煮好的湯給女士試喝，並詢問「ね、おいしいだろう？／不錯吧，很好喝吧？」的狀況。

　　選項3是當對方說「このスープ、なんだか物足りないね／這個湯，好像缺了點什麼耶」時的回答。

| □ 台無(だいな)し 糟蹋

　　這題的狀況是女士看到隆子正在炫耀新皮包，並將這件事告訴她的丈夫。於是丈夫問她，妳是不是也想要。

　　選項2是當對方說「娘が新しいバッグをすごく欲しがっているの／女兒非常想要皮包」時的回答。

　　選項3是當對方說「このバッグ、この前買ったのよ／這個皮包是最近新買的哦」，並在電車中等公共場所炫耀打開的皮包時的回答。

| □ 見(み)せびらかす 炫耀，賣弄

(4-12)

10番

M：小野さんの発表を聞いていると、はらはらしますよ。

F：1 そうね。気持ちが明るくなりますね。

2 そうね。もっとしっかり準備をしてほしいですね。

3 そうね。説得力のある話し方ですね。

Answer **2**

（10）

M：小野先生的報告聽得我冒出一身冷汗。

F：1 就是説呀，心情變好了呢。

2 就是説呀，真希望他能準備得更加充足。

3 就是説呀，他講話的方式很有説服力喔。

11番

F：おかえりなさい。それ、全部マサミのおもちゃ？ずいぶん買い込んで来たのね。

M：1 いらなくなったから。

2 家にたくさんあるから。

3 今日は給料日だったから。

Answer **3**

（11）

F：你回來了。那些全都是雅美的玩具？買了這麼多回來呀。

M：1 因為不見了。

2 因為家裡有很多。

3 因為今天是發薪日。

12番

M：あっちのチームはしぶといね。

F：1 ええ。なかなかあきらめないですね。

2 それなら、すぐ勝てますよ。

3 ええ。こっちはまだ零点ですよ。

(4-14)

Answer **1**

（12）

M：對戰的隊伍真是頑強。

F：1 是呀，依然堅持奮戰到底呢。

2 那樣的話，馬上就贏囉。

3 是呀，我們還是零分呢。

　男士聽了小野先生的報告後覺得很憂慮擔心。女士也同意他的説法。

　選項 1 和選項 3，對方説的是「はらはらする／憂慮」，所以用「気持ちが明るくなる／心情變好了」「説得力がある／很有説服力」來誇獎是不合邏輯的。

| □ はらはら 擔心憂慮

　這題的狀況是父親買了很多小孩子的玩具回家。父親正在説明買下許多玩具的原因。

　選項 1 和選項 2 是用於將玩具丟棄後説的話。

| □ 買<ruby>か</ruby>い込<ruby>こ</ruby>む 大量買進

　男士説正在努力的敵隊很頑強，也就是指對方很有毅力的意思。女士也抱持相同看法。

　選項 2 和選項 3，當聽到敵隊正在頑強抵抗時，回答「それなら、すぐに（こっちのチームが）勝てます／那樣的話，（我們）馬上就贏囉」或「ええ。こっちはまだ零点ですよ。／是呀，我們還是零分呢」都不合邏輯。

| □ しぶとい 頑強

翻譯與解題

もんだい 1

もんだい 2

もんだい 3

もんだい ❹

もんだい 5

13番

M：レポート提出の締め切りまで、二週間を切った*ね。

F：1　うん。一週間すらないね。

　　2　うん。まだ二週間もあるんだね。

　　3　うん。もうのんびりしてはいられないね。

（13）

M：距離報告繳交截止日，剩下不到兩星期*了。

F：1　嗯，連一星期都不到呢。

　　2　嗯，還有兩星期呢。

　　3　嗯，不能再這樣悠哉了。

翻譯與解題

もんだい 1

もんだい 2

もんだい 3

もんだい ❹

もんだい 5

　　男士説距離繳交截止日剩不到兩週了，要選合適的回答。

　　選項1説的是剩下不到一週，但男士説的是剩下不到兩週，因此與男士的話相互矛盾。

　　選項2，「二週間を切った／不到兩週」是剩下不到兩星期的意思，因此「二週間もある／還有足足兩週」是錯誤的。

＊二週間を切る＝不到兩週（少於兩週。「～を切る」是「～を下回る／低於」的意思。例句：このアパートの家賃が値下がりして、今、５万円を切った／這個公寓的房租降價了，現在五萬圓有找。）

| □ のんびり 悠哉，輕鬆

N1 聴力模擬考題　問題4　第二回 (4-16)

問題4では、問題用紙に何も印刷されていません。まず文を聞いてください。それから、それに対する返事を聞いて、1から3の中から、最もよいものを一つ選んでください。

(4-17) 例　【答案詳見：233頁】　　　　　　　　　答え： ① ② ③ ④

- メモ -

(4-18) 1番　【答案跟解説：174頁】　　　　　　　答え： ① ② ③ ④

- メモ -

(4-19) 2番　【答案跟解説：174頁】　　　　　　　答え： ① ② ③ ④

- メモ -

【4-20】**3 番** 【答案詳見：174 頁】　　　答え：① ② ③ ④

- メ モ -

【4-21】**4 番** 【答案詳見：176 頁】　　　答え：① ② ③ ④

- メ モ -

【4-22】**5 番** 【答案詳見：176 頁】　　　答え：① ② ③ ④

- メ モ -

(4-23) 6 番 【答案詳見：176 頁】　　　　　　　　　答え： ① ② ③ ④

- メモ -

(4-24) 7 番 【答案詳見：178 頁】　　　　　　　　　答え： ① ② ③ ④

- メモ -

(4-25) 8 番 【答案詳見：178 頁】　　　　　　　　　答え： ① ② ③ ④

- メモ -

(4-26) 9 番 【答案詳見：178 頁】　　　　　　　　　答え： ① ② ③ ④

- メモ -

(4-27) 10番 【答案詳見：180頁】　　　答え：① ② ③ ④

- メモ -

(4-28) 11番 【答案詳見：180頁】　　　答え：① ② ③ ④

- メモ -

(4-29) 12番 【答案詳見：180頁】　　　答え：① ② ③ ④

- メモ -

(4-30) 13番 【答案詳見：182頁】　　　答え：① ② ③ ④

- メモ -

問題4では、問題用紙に何も印刷されていません。まず文を聞いてください。それから、それに対する返事を聞いて、1から3の中から、最もよいものを一つ選んでください。

（4-18）
Answer **1**

1番

M：こんな雨ぐらい、傘をさすまでもない*よ

F：1　うん。わざわざ買わなくてもいいね。

　　2　うん。さしても無駄みたい。大雨だから。

　　3　うん。午後から降るって言ってたからまだ平気かな。

（1）

M：這麼一點小雨，用不著*撐傘吧。

F：1　嗯，不必特地去買傘也無所謂。

　　2　嗯，就算撐傘恐怕也沒什麼用處，畢竟雨下得那麼大。

　　3　嗯 氣象預報說下午才會下雨，所以現在還不必擔心吧。

（4-19）
Answer **2**

2番

M：いくら一生懸命働いたって、病気になってしまえばそれまでだよ。

F：1　はい。もっと頑張ります。

　　2　はい。なるべく休むようにします。

　　3　いいえ、あと1時間ほど働きます。

（2）

M：再怎麼拚命工作，要是生病的話就沒意義了。

F：1　好，我會更努力的。

　　2　好，我會盡量休息。

　　3　不，我再工作一小時左右。

（4-20）
Answer **3**

3番

M：毎日毎日こんなに暑くっちゃかなわないね。

F：1　そうねえ、もうすっかり秋ね。

　　2　うん、今年の夏は涼しいね。

　　3　ほんと、早く涼しくなればいいのに。

（3）

M：要是天天都這麼熱，誰受得了啊！

F：1　是呀，已經是秋涼時節了唷！

　　2　嗯，今年夏天真涼爽！

　　3　你說得對，真希望早點轉涼呀！

第四大題。答案卷上沒有印任何圖片和文字，請先聽完主文，再聽回答，從選項 1 到 3 當中，選出最佳答案。

翻譯與解題

もんだい 1

もんだい 2

もんだい 3

もんだい ❹

もんだい 5

從男士提到的「こんな雨／這點小雨」、「傘をさすまでもない／用不著撐傘」可知這場雨是小雨。因此回答不必買傘的選項 1 是正確答案。

選項 3，因為男士說「こんな雨／這點小雨」，所以可知現在正在下雨。

＊〜までもない＝用不著〜（還不到需要做〜的程度。）

| □ わざわざ 特意

這是提醒拚命工作的人不要太勉強自己的情況。

選項 1 是對偷懶的人說「頑張りなさい／要努力一點」時，對方的回答。

選項 3，是當對方說「もういい加減に休みなさい／你真的該休息了」時的回答。

| □ なるべく 盡量，盡可能

這是男士在抱怨每天都熱得受不了的狀況。女士也同意他的說法。

選項 1 是當對方說「だいぶ涼しくなってね／變得相當涼爽了呢」時的回答。

選項 2 是當對方說「今年の夏は涼しい／今年夏天真涼爽」時，認同對方的回答。

| □ すっかり 完全

Answer **2**

4番

M：新入社員じゃあるまいし*、人事部長の名前も知らないの？

F：1　はい、もう入社5年目ですので。

　　2　お恥ずかしいんですが…。

　　3　ええ、新入社員ならみんな知っています。

（4）

M：又不是*新進職員了，連人事經理的名字都不知道？

F：1　是，我進公司已經是第五年了。

　　2　真是太羞愧了……。

　　3　是呀，只要是新進職員，大家都曉得。

Answer **1**

5番

F：あと二日待っていただけたらできないこともない*んですけど。

M：1　わかりました。じゃ、明後日までにお願いします。

　　2　じゃあ、あと一日で結構です。

　　3　あと二日でできないなら、間に合いませんね。

（5）

F：若是您願意再多等兩天，倒也不是無法*完成。

M：1　知道了，那麼，麻煩在後天之前完成。

　　2　那麼，再一天就可以了。

　　3　萬一再多兩天還是沒有完成，那就來不及嘍。

Answer **2**

6番

M：彼女に会わなかったら、ぼくは今頃きっと寂しい人生を送っていたと思うよ。

F：1　なぜ彼女に会えなかったの？

　　2　彼女に会えて本当によかったね。

　　3　寂しい人生だったからね。

（6）

M：如果沒有遇見她，我想，我現在一定過著孤獨的人生。

F：1　為什麼沒能見到她呢？

　　2　能夠遇見她，實在值得慶幸哪。

　　3　畢竟是孤獨的人生嘛。

翻譯與解題

もんだい 1

もんだい 2

もんだい 3

もんだい ❹

もんだい 5

　　這是被批評明明不是新進人員，竟然不知道人事經理的名字的狀況。女士正因此感到羞愧。

　　選項1是當對方說「もう、当然人事部長の名前も知ってるよね／真是的，你肯定知道人事經理的名字吧？」時的回答。

　　選項3是當對方說「人事部長の名前、新入社員にも紹介したね／已經和新進人員介紹過人事經理的大名了」時的回答。

* ～じゃあるまいし＝又不是～（是「～ではないのに、～ではないにもかかわらず／明明不是～、儘管不是～」的意思。本題是在批評對方「新入社員でもないのに、人事部長の名前を知らないのか／明明不是新進人員，竟然連人事經理的名字都不知道嗎？」）

| □ 恥ずかしい 慚愧，羞愧

　　女士說再多等兩天，也就是希望對方能等到後天的意思。

　　選項2是當對方說「できるまであと何日か待ちましょうか／請問還要等幾天才能完成呢？」時的回答。

　　選項3是當對方說「あと二日ではとてもできません／實在沒辦法趕在兩天之內完成」時的回答。

* できないこともない＝也不是無法（否定了「できない／無法」，所以是「できる／可以」的意思。）

| □ 結構 足夠，充分

　　男士說因為遇見了女朋友，所以才能過著愉快的人生。聽見男士這麼說，女士也替他感到開心，回答「よかったね／值得慶幸」。

　　選項1是當對方說「彼女に会えなかったから、僕のこれまでの人生は寂しいものだったよ／因為沒有遇見她，所以我一直過著孤獨的人生」時的回答。

　　選項3，因為事實是有遇見女朋友，所以並沒有過著孤獨的人生。

| □ 送る 度過

Answer **1**

7番

F：私に言わせてもらえば*、課長はこの仕事のことをあまりわかっていませんよ。

M：1　そんなことはない。よくわかってるよ。

　　2　じゃあ、もっと言ってもいいよ。

　　3　言わせてあげないよ。

（7）

F：請容我說一句*，科長對這個案子根本不太清楚嘛。

M：1　沒的事，我很清楚喔！

　　2　那，再多說一些也沒關係喔！

　　3　我才不讓妳說哩！

(4-25)
Answer **3**

8番

M：子どもたち、目をきらきらさせて話を聞いていましたね。

F：1　そうですね。つまらなかったんでしょうね。

　　2　はい。とても怖がっていました。

　　3　ええ、楽しかったみたいですね。

（8）

M：孩子們那時都睜大了眼睛津津有味地聽著故事呢。

F：1　是呀，想必很無聊吧。

　　2　對，講得太恐怖了。

　　3　是呀，看起來都很享受那段時光呢。

(4-26)
Answer **2**

9番

F：申し訳ないんですが、明後日から出張を控えておりまして…。

M：1　大変ですね。出張に行けないほどお忙しいなんて。

　　2　承知しました。お帰りになりましたらご連絡ください。

　　3　じゃあ、明日しか出張はできないんですね。

（9）

F：非常抱歉，由於後天就要出差了……。

M：1　真辛苦，居然忙得連出差都沒有時間。

　　2　了解，麻煩您回來之後與我聯繫。

　　3　那麼，只剩明天有空出差了。

翻譯與解題

もんだい 1

もんだい 2

もんだい 3

もんだい ❹

もんだい 5

這題是男科長和女部屬的對話。女部屬正在對男科長抱怨他根本不了解這個案子，男科長接著回答她的情況。

選項2和選項3誤解了「私に言わせてもらえば／請容我說一句」的意思。

＊私に言わせてもらえば＝請容我說一句（是"如果讓我直說"的意思。用在要說難以開口的事情時。例句：私に言わせてもらえば、いちばん悪いのはあなたよ／請容我直說，最糟糕的就是你了。）

| □ じゃあ 那麼

這題是看到孩子們睜大了眼睛津津有味地聽著故事時說的話。

選項1和選項2，聽見無聊或恐怖的故事時，並不會睜大眼睛聽得津津有味。

| □ きらきら 耀眼，閃閃發光

女士正在為後天要出差所以無法聯絡的狀況向男士道歉。

選項1是當對方說忙到沒時間出差時的回答。

選項3是當對方說一直忙到今天所以無法出差時的回答。

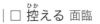 | □ 控 (ひか) える 面臨

10番

M：こんなことになるなら、もっと早く来るんだった。

F：1　まさかぜんぶ売り切れちゃうとはね。

　　2　うん。いいものが買えたから、早く来てよかったね。

　　3　家を出たのが早すぎたね。まだ店が開いてない。

（10）

M：如果知道會這樣，就該提早過來了。

F：1　沒想到居然會全數售完呀！

　　2　嗯，幸好早點過來，這才買到了好東西呢。

　　3　我們太早從家裡出門了，店家都還沒開始做生意。

11番

F：山口さんに頼んだんですが、なかなかうんと言って*くれないんです。

M：1　そうか。すぐに承知してくれて助かった。

　　2　そうか。もう少し交渉してみよう。

　　3　そうか。きっとよく分かったんだろう。

（11）

F：我雖然拜託山口先生了，可是他遲遲不肯點頭答應*。

M：1　這樣啊，馬上就允諾真是幫了大忙！

　　2　這樣啊，再繼續與他交涉看看吧。

　　3　這樣啊，想必他非常了解吧。

12番

F：今日の集合時間のこと、川上さんに何も言ってなかったんじゃない？

M：1　いえ、伝えましたよ。

　　2　いえ、伝えてません。

　　3　はい、伝えましたよ。

（12）

F：今天的集合時間，是不是根本沒告訴川上小姐？

M：1　不，告訴她了啊！

　　2　不，沒告訴她。

　　3　是的，告訴她了啊！

翻譯與解題

もんだい 1

もんだい 2

もんだい 3

もんだい ❹

もんだい 5

這是在為沒有提早到這裡而後悔的狀況。本題的「こんなこと／這種事」是指全數售完。

因為題目是在為沒有提早來感到後悔，因此回答選項 2 和選項 3 都不合邏輯。

| □ 売り切れる 完售，售罄

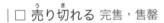

這題的狀況是女士說明已經拜託山口先生了，可是他遲遲不肯答應。男士的回答是建議她試著繼續和山口先生交涉，或許他最後就會答應了。

選項 1 是當對方說「山口さんに頼んだら、承知してくれました／我一拜託山口先生，他立刻答應了」時的回答。

選項 3 如果是「きっとよく分からなかったんだろう／他一定是不太了解（實際狀況）吧」則正確。

＊うんと言う＝點頭答應（應允。）

| □ 交渉 交涉，談判

如果沒有告訴川上小姐，應該回答「はい、伝えませんでした／對，沒有告訴她」。如果有告訴川上小姐，則應回答「いえ、伝えました／不，已經告訴她了」。因此，選項 1 的說法是正確的。其他選項錯誤。

13番

F：もう少し会議を続けませんか。

M：1 続けようと続けまいと、もう会議は終わるべきだと思います。

　　2 結論が出たが最後、会議は終わらないと思いますが。

　　3 これ以上続けたところで結論は出ないと思いますが。

（13）

F：要不要再稍微延長開會時間呢？

M：1 不管要延長或是不延長，我認為會議已經該結束了。

　　2 雖然已經做出決議了，但我認為會議到最後還是開不完。

　　3 我認為再繼續討論下去，還是無法做出決議。

「続けませんか／不繼續嗎」是繼續下去比較好的意思。

　選項1如果回答「続けようと続けまいと、私たちの自由です／要不要繼續都是我們的自由」，則為正確答案。

　選項2女士並沒有説「結論が出た／做出決議」，而且如果做出決議，會議也就結束了。

| □ うと～まいと～ 不管做不做～都

N1 聴力模擬考題　問題 4　第三回

問題 4 では、問題用紙に何も印刷されていません。まず文を聞いてください。それから、それに対する返事を聞いて、1 から 3 の中から、最もよいものを一つ選んでください。

(4-32) 例　【答案詳見：233 頁】　　　　　　　答え：① ② ③ ④

- メモ -

(4-33) 1 番　【答案跟解説：188 頁】　　　　　答え：① ② ③ ④

- メモ -

(4-34) 2 番　【答案跟解説：188 頁】　　　　　答え：① ② ③ ④

- メモ -

(4-35) 3番 【答案詳見：188頁】　　　　答え：①②③④

- メモ -

(4-36) 4番 【答案詳見：190頁】　　　　答え：①②③④

- メモ -

(4-37) 5番 【答案詳見：190頁】　　　　答え：①②③④

- メモ -

- メモ -

- メモ -

- メモ -

- メモ -

(4-42) 10 番 【答案詳見：194 頁】　　　　　　　　　　答え：① ② ③ ④

- メモ -

(4-43) 11 番 【答案詳見：194 頁】　　　　　　　　　　答え：① ② ③ ④

- メモ -

(4-44) 12 番 【答案詳見：194 頁】　　　　　　　　　　答え：① ② ③ ④

- メモ -

(4-45) 13 番 【答案詳見：196 頁】　　　　　　　　　　答え：① ② ③ ④

- メモ -

問題4では、問題用紙に何も印刷されていません。まず文を聞いてください。それから、それに対する返事を聞いて、1から3の中から、最もよいものを一つ選んでください。

4-33 Answer **1**

1番

M：あの時は、そんなつもりで言ったんじゃないんだ。

F：1　いいよ、気にしてないから。
　　2　今から言ってもいいよ。
　　3　じゃ、誰が言ったの？

（1）

M：我當時説的那句話不是那個意思！

F：1　沒關係，我沒放在心上。
　　2　現在説也可以喔！
　　3　不然是誰説的呢？

4-34 Answer **2**

2番

M：新しいプリンターを買ったんだけど、なかなか思うようにならなくて。

F：1　しばらく節約だね。
　　2　説明書を読んでみた？
　　3　いつ申し込んだの？

（2）

M：我剛買了一台印表機，可是操作起來並不順利。

F：1　這陣子得節省支出嘍。
　　2　看過説明書了嗎？
　　3　什麼時候申請的？

4-35 Answer **3**

3番

M：この事件、犯人の動機は何だったんでしょうか。

F：1　昔は小学校の先生だったらしいですよ。
　　2　カッターナイフだそうです。
　　3　お金に困っていたようですよ。

（3）

M：這起案件的罪犯，究竟是基於什麼動機呢？

F：1　聽説他曾經是小學老師喔！
　　2　據説是美工刀。
　　3　他之前似乎為錢發愁喔！

第四大題。答案卷上沒有印任何圖片和文字，請先聽完主文，再聽回答，從選項 1 到 3 當中，選出最佳答案。

翻譯與解題

もんだい 1

もんだい 2

もんだい 3

もんだい ❹

もんだい 5

　這題的情況是男士在為自己先前説過的話辯解，自己並不是那個意思。對於男士的辯解，女士回答她沒放在心上，沒關係。

　選項 2 是當對方説類似「君は、僕が好きだなんて言わなかったじゃない／妳當初並沒有説妳喜歡我啊」時的回答。

　選項 3 是當對方説「そんなこと、僕は言わなかったよ／我沒説過那種話哦！」時的回答。

| □ 気にしてない 不介意

　「思うようにならない／不像我想的那樣」在本題的意思是印表機無法按照男士希望的方式運轉，也就是操作起來並不順利。因此，女士問男士是否看過説明書了。

　選項 1 是當對方説「高いものを買ってしまった／花大錢買下昂貴的東西了」時的回答。

　選項 3 的回答不合邏輯。

| □ なかなか 很，相當

　男士問的是犯人犯案的動機。

　選項 1 是當對方詢問犯人以前的職業時的回答。

　選項 2 是當對方詢問作案的凶器（犯人用來傷人的刀具等物品）是什麼時的回答。

| □ 動機 動機

（4-36）

4番

M：こんなニュースを見ると、寒気がするね。

F：1　うん。どうして自分の子どもにこんな残酷なことをするんだろう。

　　2　うん。この新発売のアイスクリーム、おいしそう。

　　3　うん。雪が積もった富士山ってきれいだね。

（4）

M：看到這種新聞，不禁讓人打冷顫。

F：1　嗯，對自己親生的孩子怎麼做得出那麼殘酷的事呢！

　　2　嗯，這種新上市的冰淇淋看起來真好吃！

　　3　嗯，積了雪的富士山好美喔！

（4-37）

5番

F：ここの職人さんは、腕がいい*人が多いですね。

M：1　ええ。スポーツで鍛えていたんですね。

　　2　はい。けんかではとても勝てませんね。

　　3　そうですね。どの器もすばらしいですね。

（5）

F：這裡的工匠有不少人的技藝相當高超*喔！

M：1　是啊，他們都是靠運動鍛鍊出來的。

　　2　對，要是和他們打架，必輸無疑！

　　3　就是説啊，每一只器皿都巧奪天工。

（4-38）

6番

M：来月から、僕にも家族手当が出ることになったよ。

F：1　よかった。少し楽になるわね。

　　2　どうしよう。そんなにお金はないよ。困ったな。

　　3　これで、痛くなくなるね。

（6）

M：從下個月起，我也能領到扶養津貼了。

F：1　太好了，這樣可以減輕一些財務負擔了。

　　2　怎麼辦，我哪裡有那麼多錢啊！怎麼辦才好呢？

　　3　這樣就不痛了吧？

翻譯與解題

もんだい 1

もんだい 2

もんだい 3

もんだい ❹

もんだい 5

這題的狀況是男士看到殘忍的新聞後，和女士說這則新聞令人「寒気がする／打冷顫」（ぞっとする／毛骨悚然）。

選項2是當對方說「こんなニュースを見ると、早くこのアイスクリームを食べたくなるね／看了這個消息，好想趕快嚕嚕這種冰淇淋啊！」時的回答。

選項3是看了積雪的富士山之類的照片之後，敘述的感想。

| □ 寒気がする 發冷，打冷顫
  　さむけ

這題的狀況是看到精緻的器具後，讚嘆道有許多技藝高超的工匠。

選項1和選項2誤解了「腕がいい／技藝高超」的意思。

＊腕がいい＝技藝高超（手藝出色。）

| □ 鍛える 鍛鍊，鍛造
  　きた

「家族手当／扶養津貼」是公司支付給需要扶養家人的員工的津貼。

選項2是當對方說為了某原因，而需要一筆錢時的回答。

選項3是因受傷之類的情況而接受了治療時說的話。

| □ 家族手当 扶養津貼
  　か ぞく て あて

7番

F：新入社員の片岡さん、人当たりがいい*ですね。

M：1　そうですか。そんなに太ってるようにはみえませんけど。

2　ええ。いつもにこにこして、話しやすいですね。

3　話し方はきついけど、優しいところもあるんですけど。

（7）

F：剛進公司上班的片岡小姐給人蠻好的印象*。

M：1　是嗎？看不出來有那麼胖。

2　是啊，總是笑咪咪的，和她交談很輕鬆。

3　她雖然講話很尖銳，其實也有溫柔的一面。

8番

M：佐藤君の言うことは一本筋が通ってる*よ。

F：1　うん。人の意見を聞かないから困るよ。

2　そう。いつも誰かの考えに影響されてるね。

3　そうね。だからみんなに信用されるんだよね。

（8）

M：佐藤説話有條有理*。

F：1　嗯，他都不聽別人的意見，真是麻煩。

2　對，他很容易受到別人的影響。

3　就是說呀，所以大家才那麼信任他。

9番

F：菅原さんの話は、いつも自慢ばかりでうんざりしちゃう。

M：1　そんなにおもしろいの？聞いてみたいな。

2　そうか。それは退屈だね。

3　ちゃんと聞いていないと、後で困るね。

（9）

F：菅原先生說起話來總是自吹自擂，實在聽膩了！

M：1　真的那麼有意思嗎？我好想聽聽看。

2　是哦，那一定很無聊。

3　如果不仔細聽清楚，之後就麻煩了。

翻譯與解題

もんだい 1

もんだい 2

もんだい 3

もんだい ❹

もんだい 5

這題是在誇獎片岡小姐給別人印象很不錯的情況。

選項1是當對方說「体重が70キロもあるんですよ／片岡小姐有70公斤哦！」時的回答。

選項3是當對方說「怖そうだ／片岡小姐給人感覺很恐怖。」時的回答。

＊人当たりがいい＝給人彎好的印象（意思是讓別人留下很不錯的印象和感覺。）

| □ にこにこ 笑咪咪

這題的狀況是男士提到佐藤說話有條有理。女士也認同男士的說法。

選項1是當對方說「佐藤君の言うことは、自分本位だよね／佐藤說的話總是以自我為中心呢」時的回答。

選項2是當對方說「佐藤君は自分の意見を持ってないよね／佐藤沒有自己的想法」時的回答。

＊一本筋が通っている＝有條有理（立論清楚，符合邏輯。）
| □ 筋 條理

女士在抱怨菅原先生總是自吹自擂，令人厭煩。老是聽同樣的話很無聊，所以男士這麼回答她。

選項1是當對方說「菅原さんの話は、いつもすごくおもしろいのよ／菅原先生說話總是相當風趣哦」之類的話時的回答。

選項3是當對方說「菅原さんの話はとても難しい／菅原先生說話很難懂」之類的話時的回答。

| □ うんざり 厭煩

Answer **2**

10番

M：こんなことなら他の映画にするんだった。

F：1 そうね。感動しちゃった。

2 うん。なんで人気があるのか不思議。

3 それなら、絶対これを観ないと後悔するよ。

（10）

M：早知道是這樣，我就挑別部電影看了！

F：1 是呀，我看得很感動！

2 嗯，真不懂怎會那麼賣座。

3 既然如此，不看這部一定會後悔的！

Answer **1**

11番

F：私、たばこは今日できっぱりやめる。

M：1 えらい。やっと決心したんだね。応援するよ。

2 だめだよ。体に悪いから吸わない方がいい。

3 うん。少しずつでも減らした方がいいよ。

（11）

F：我決定從今天起徹底戒菸！

M：1 了不起，妳終於下定決心了！我會為妳加油的！

2 不行啦，抽菸對身體不好，還是別抽吧。

3 嗯，就算一天少抽一支也好，慢慢戒掉吧。

Answer **3**

12番

M：日本料理の中では、とりわけ豆腐が好きなんです。

F：1 ああ、私も豆腐はあんまり。

2 ええ。豆腐はそんなにおいしくないですからね。

3 へえ*。寿司やてんぷらよりも好きなんですか。

（12）

M：日本料理之中，我尤其喜歡豆腐。

F：1 是喔，我也不太喜歡豆腐。

2 是呀，豆腐實在不怎麼好吃。

3 是哦*！比壽司和炸蝦更喜歡嗎？

因為剛看完的電影很無聊，因此男士正在抱怨如果當初選別部電影就好了。

選項1是當對方說「とてもいい映画だったね／真是一部好電影呢」時的回答。

選項3是當對方說「最近あまりいい映画がないから、見ないことにしてる／因為最近沒什麼好電影，還是決定不看了」之類的話時的回答。

| □ 不思議（ふしぎ） 不可思議，難以想像

這是女士在宣告自己決定戒菸的狀況。

男士聽了她的話後，佩服的說「えらい／了不起」，並替她加油打氣。

選項2是當對方說「たばこはやめたくない／我不想戒菸」時的回答。

選項3，因為女士說「今日できっぱりやめる／從今天起徹底戒菸」，若是回答「少しずつでも減らしたほうがいい／一天少抽一支也好」並不合邏輯。如果對方說的是「たばこはやめようと思う／我想戒菸」，那麼選項3就是合適的回答。

| □ きっぱり 徹底；乾脆

男士說日本料理中他特別喜歡豆腐。對方聽了感到驚訝，沒想到竟然比壽司和炸蝦還要喜歡。

選項1「私も／我也」後面應該要接「大好きです／非常喜歡」。

對於說喜歡豆腐的人，不會說「おいしくないですから／豆腐不怎麼好吃」。選項2是當對方說「豆腐が苦手なんです／我不敢吃豆腐」之類的話時的回答。

＊へえ＝是哦！（驚訝、感到意外時說的話。例句：へえ、君も昔、彼女が好きだったの。気づかなかったなあ／是哦，你以前也喜歡她呀？我當時都沒發現呢！）

| □ とりわけ 尤其

Answer **1**

13番

F：ひろしの成績、なかなか上がらないけど、これで合格できるのかしら。

M：1　まあ、自分なりに努力はしているみたいだから、もう少し様子をみてみようよ。

　　2　うん。合格ともなれば、きっとうれしいに違いないよ。

　　3　きっと、合格したら最後*、がんばるだろう。大丈夫だよ。

（13）

F：小廣的成績一直沒有起色，照這樣下去能夠及格嗎？

M：1　沒關係啦，他目前看起來正按照自己的步調努力用功，我們再觀察一陣子吧。

　　2　嗯，如果及格，他一定會很高興的。

　　3　一旦*及格了，他應該就會努力了，別擔心啦！

這題的狀況是父母親正在討論孩子的成績。對於媽媽的擔心，爸爸則是説暫時再觀察一陣子。

選項2是當對方説「合格できたら喜ぶでしょうね／及格的話一定會很高興吧」時的回答。

選項3，因為媽媽擔心的是小廣能否及格，所以「合格したら最後、がんばるだろう／一旦及格了，他應該就會努力了」的説法是錯誤的。

＊～したら最後＝一旦～（是「いったん～したら、それまで／一旦～，就完了」的意思。「合格したら最後／一旦及格」是「いったん合格したら／一旦及格」的意思。因此選項3後半應該改成「合格したら最後、勉強なんてするものか／一旦及格了，哪還會念書」。）

| □ ～なりに 與～相應的

翻譯與解題

もんだい 1

もんだい 2

もんだい 3

もんだい ❹

もんだい 5

Memo

総合理解

> 在聽完較長的會話段落之後，測驗是否能夠將之綜合比較並且理解其內容。

考前要注意的事

▶ 作答流程 & 答題技巧

| 聽取說明 | 先仔細聽取考題説明 |

↓

| 聽取問題與內容 | 測驗目標是聽取內容較長的文章，一邊比較、整合大量的資訊，一邊理解談話內容。「1番、2番」選項不會印在考卷上，「3番」選項會印在考卷上。 |

預估有 4 題左右

1 這大題題型多為針對兩人以上的談話內容作答，或是兩人針對新聞主播或推銷員等談論的某事進行討論，再根據討論的內容作答。

2 由於資訊量大，請邊聽每個説話者意見的相異點，抓住要點，邊聆聽邊做筆記。

↓

| 答題 | 再次仔細聆聽問題，選出正確答案 |

N1 聴力模擬考題　問題 5　第一回　⟨5-1⟩

問題 5 では、長めの話を聞きます。この問題には練習がありません。
メモをとってもかまいません。

1番、2番

問題用紙に何も印刷されていません。まず話を聞いてください。それから、質問とせんたくしを聞いて、1から4の中から、最もよいものを一つ選んでください。

⟨5-2⟩ **1番**　【答案詳見：202 頁】　　　　　　　　　　　　答え：① ② ③ ④

- メモ -

⟨5-3⟩ **2番**　【答案跟解説：204 頁】　　　　　　　　　　　答え：① ② ③ ④

- メモ -

3番

まず話を聞いてください。それから、二つの質問を聞いて、それぞれ問題用紙の1から4の中から、最もよいものを一つ選んでください。

(5-5) **3番** 【答案詳見：206頁】　　　　　　　答え：① ② ③ ④

質問1

1　健康が気になるとき

2　時間がたっぷりあるとき

3　ゴルフをしているとき

4　災害の時

質問2

1　自分にはあまり役に立たないから欲しくない

2　高いから買わない

3　短時間で充電できれば買いたい

4　将来は役に立つかもしれないが、今はまだ欲しくない

問題用紙に何も印刷されていません。まず話を聞いてください。それから、質問とせんたくしを聞いて、1から4の中から、最もよいものを一つ選んでください。

1番

家の中で男の人と女の人が話しています。

F：ええと、今日のお客さんは、池田さんと奥さん、太田さんと奥さん、あとは山中さんと、平木さんだね。

M：食器は全部で8人分。

F：じゃ、お皿とコップを出すね。食べ物は、お寿司もサン 〈關鍵句
　ドイッチもたくさん作ったし、みんなもそれぞれ持って
　くるって言ってたから、じゅうぶんじゃないかな。

M：ああ、それやめて、紙のやつにしない？あとで洗うの 〈關鍵句
　大変だし。

F：だけど使ってない食器、たまには使わないと。それに、 〈關鍵句
　ゴミが増えて環境にもよくないでしょう。

M：洗剤を使うことや油をふき取った紙や布をどうするかと 〈關鍵句
　考えたら、どっちもどっち*なんじゃない。

F：そうか。それに、その分、みんなと楽しく過ごす時間が 〈關鍵句
　増えるって考えれば、いいか。

M：そうだよ。ただ使い捨てでも、うちのは再生紙で作られ
　てるやつだから。それと、使ってない食器はリサイクル
　ショップに持っていったり、フリーマーケットに出した
　り、寄付したりしようよ。家にしまっておいても、それ
　こそ、もったいないからね。

F：うん。

二人は、どうすることにしましたか。
1　使い捨ての紙の食器を使う。
2　ずっと使っていない食器を使う。
3　お客さんが持ってくる食器をもらう。
4　食器を売る。

□ それぞれ 各
　別・分別
□ やつ 東西；傢伙
□ 洗剤 清潔劑
□ 使い捨て 免
　洗，一次性的
□ 再生紙 再生紙
□ フリーマー
　ケット【flea
　market】跳
　蚤市場
□ 寄付する 捐獻
□ もったいない
　浪費的，可惜
　的

翻譯與解題

もんだい 1

もんだい 2

もんだい 3

もんだい 4

もんだい ❺

答案卷上沒有印任何圖片和文字，請先聽完對話，再聽問題和選項，從選項 1 到 4 當中，選出最佳答案。

（1）

男士和女士正在家裡討論。

F：我算算看，今天要來的客人有池田先生和太太、太田先生和太太，還有山中先生和平木先生，對吧？

> 要掌握兩人對話的走向。

M：餐具總共八人份。

F：那，把盤子和杯子拿出來吧。餐點已經做了很多壽司和三明治，大家也説會各自帶東西來，應該夠了吧。

> ①女士説把餐盤和杯子拿出來吧。

M：哎，不要用那些，改用紙餐具吧？等下還要洗，很麻煩。

> ②男士則説改用紙餐具吧。

F：可是那些餐具從來沒用過，偶爾總得拿出來用一用啊。而且，增加垃圾對環境不好嘛。

> ③女士回答使用紙餐具會增加垃圾，對環境不好。

M：如果把清洗時使用的洗潔劑和擦掉油汙時的紙巾或抹布列入考量，對環境的汙染可以説是半斤八兩*吧。

> ④男士認為兩種餐具對環境的汙染程度是一樣的。

F：有道理。而且，不如把洗碗盤的時間拿來和大家聊天説笑。那就算了吧。

> ⑤女士同意使用紙餐具。

M：就是説啊。即使用的是免洗餐具，我們家買的也是再生紙做的。還有，那些平常不用的餐具，乾脆拿去二手商店或是跳蚤市場賣掉，再不然就捐出去吧。放在家裡收著不用，那才叫浪費呢。

F：嗯。

Answer 1

他們兩人決定要怎麼做呢？

1　使用拋棄式餐具。

2　使用從來沒用過的餐具。

3　收下客人帶來的餐具。

4　賣掉餐具。

> 選項 3，客人會帶來的是食物。

> 選項 4，雖説要把不用的餐具拿去二手商店或是跳蚤市場賣掉，但並沒有説要現在立刻賣出。

＊どっちもどっち＝半斤八兩（兩者沒什麼差別的意思。）

2番
<ruby>番<rt>ばん</rt></ruby>

<ruby>会社<rt>かいしゃ</rt></ruby>で<ruby>社員<rt>しゃいん</rt></ruby>が<ruby>集<rt>あつ</rt></ruby>まって<ruby>話<rt>はな</rt></ruby>しています。

M：この<ruby>機械<rt>きかい</rt></ruby>システムで、<ruby>不審者<rt>ふしんしゃ</rt></ruby>の<ruby>侵入<rt>しんにゅう</rt></ruby>は<ruby>防<rt>ふせ</rt></ruby>げるのかな。　**關鍵句** ①

F1：カメラの<ruby>性能<rt>せいのう</rt></ruby>はかなりいいそうですよ。この<ruby>前<rt>まえ</rt></ruby>、<ruby>人気<rt>にんき</rt></ruby>グループのコンサートで<ruby>使<rt>つか</rt></ruby>われたものと<ruby>同<rt>おな</rt></ruby>じだそうです。

M：コンサートといえば、あぶないことをするファンも<ruby>多<rt>おお</rt></ruby>いからね。

F2：それもありますが、<ruby>買<rt>か</rt></ruby>ったチケットを<ruby>他<rt>ほか</rt></ruby>の<ruby>人<rt>ひと</rt></ruby>に<ruby>高<rt>たか</rt></ruby>く<ruby>売<rt>う</rt></ruby>らせないようにするためです。<ruby>私<rt>わたし</rt></ruby>、そのコンサートに<ruby>行<rt>い</rt></ruby>くんですよ。

F1：えっ、<ruby>行<rt>い</rt></ruby>くんですか。よくチケットがとれましたね。<ruby>高<rt>たか</rt></ruby>くなかったですか。

F2：<ruby>私<rt>わたし</rt></ruby>は<ruby>運<rt>うん</rt></ruby>よく<ruby>抽選<rt>ちゅうせん</rt></ruby>で<ruby>当<rt>あ</rt></ruby>たったので<ruby>定価<rt>ていか</rt></ruby>でした。<ruby>抽選<rt>ちゅうせん</rt></ruby>に<ruby>外<rt>はず</rt></ruby>れた<ruby>人<rt>ひと</rt></ruby>に、<ruby>高<rt>たか</rt></ruby>い<ruby>値段<rt>ねだん</rt></ruby>で<ruby>売<rt>う</rt></ruby>るのを<ruby>防<rt>ふせ</rt></ruby>ぐために、<ruby>買<rt>か</rt></ruby>う<ruby>時<rt>とき</rt></ruby>に<ruby>運転免許証<rt>うんてんめんきょしょう</rt></ruby>やパスポートなんかの、<ruby>証明書<rt>しょうめいしょ</rt></ruby>の<ruby>写真<rt>しゃしん</rt></ruby>が<ruby>必要<rt>ひつよう</rt></ruby>なんです。<u>チケットを<ruby>見<rt>み</rt></ruby>せる<ruby>時<rt>とき</rt></ruby>にその<ruby>顔<rt>かお</rt></ruby>が<ruby>違<rt>ちが</rt></ruby>うと<ruby>絶対<rt>ぜったい</rt></ruby><ruby>会場<rt>かいじょう</rt></ruby>に<ruby>入<rt>はい</rt></ruby>れないみたいです。</u>　**關鍵句** ②

M：ふうん。でも<ruby>女<rt>おんな</rt></ruby>の<ruby>人<rt>ひと</rt></ruby>は<ruby>髪形<rt>かみがた</rt></ruby>や<ruby>化粧<rt>けしょう</rt></ruby>がいつも<ruby>違<rt>ちが</rt></ruby>う<ruby>人<rt>ひと</rt></ruby>が<ruby>多<rt>おお</rt></ruby>いけど、ちゃんと<ruby>顔<rt>かお</rt></ruby>が<ruby>見分<rt>みわ</rt></ruby>けられるのかな。

F1：そうですね。<ruby>似<rt>に</rt></ruby>ている<ruby>人<rt>ひと</rt></ruby>だと、<ruby>会場<rt>かいじょう</rt></ruby>に<ruby>入<rt>はい</rt></ruby>れるんでしょうか…。

F2：<ruby>難<rt>むずか</rt></ruby>しいそうです。<ruby>数年前<rt>すうねんまえ</rt></ruby>までは、まだ<ruby>機械<rt>きかい</rt></ruby>のミスが<ruby>多<rt>おお</rt></ruby>かったそうですが。

M：<ruby>新製品<rt>しんせいひん</rt></ruby>の<ruby>情報<rt>じょうほう</rt></ruby>に<ruby>関<rt>かん</rt></ruby>しては<ruby>特<rt>とく</rt></ruby>に<ruby>厳<rt>きび</rt></ruby>しく<ruby>管理<rt>かんり</rt></ruby>しなきゃいけないから、セキュリティシステムは<ruby>厳<rt>きび</rt></ruby>しいほどいいよ。このシステムの<ruby>導入<rt>どうにゅう</rt></ruby>でうちが<ruby>情報<rt>じょうほう</rt></ruby>を<ruby>守<rt>まも</rt></ruby>る<ruby>姿勢<rt>しせい</rt></ruby>も<ruby>世間<rt>せけん</rt></ruby>に<ruby>示<rt>しめ</rt></ruby>せるしね。

□ <ruby>不審者<rt>ふしんしゃ</rt></ruby> 可疑人士
□ <ruby>侵入<rt>しんにゅう</rt></ruby> 闖入；侵略
□ <ruby>抽選<rt>ちゅうせん</rt></ruby> 抽籤
□ <ruby>防<rt>ふせ</rt></ruby>ぐ 防守；預防
□ <ruby>見分<rt>みわ</rt></ruby>ける 識別，鑑別
□ セキュリティシステム【security system】 保全系統

<ruby>三人<rt>さんにん</rt></ruby>はどんなシステムについて<ruby>話<rt>はな</rt></ruby>していますか

1　パスワードを<ruby>読<rt>よ</rt></ruby>み<ruby>取<rt>と</rt></ruby>る<ruby>機械<rt>きかい</rt></ruby>システムについて
2　<ruby>違法<rt>いほう</rt></ruby>なコンサートを<ruby>見<rt>み</rt></ruby>つける<ruby>機械<rt>きかい</rt></ruby>システムについて
3　<ruby>血管<rt>けっかん</rt></ruby>の<ruby>形<rt>かたち</rt></ruby>で<ruby>本人<rt>ほんにん</rt></ruby>かどうかを<ruby>見分<rt>みわ</rt></ruby>ける<ruby>機械<rt>きかい</rt></ruby>システムについて
4　<ruby>顔<rt>かお</rt></ruby>で<ruby>本人<rt>ほんにん</rt></ruby>かどうかを<ruby>見分<rt>みわ</rt></ruby>ける<ruby>機械<rt>きかい</rt></ruby>システムについて

翻譯與解題

もんだい 1

もんだい 2

もんだい 3

もんだい 4

もんだい ❺

（2）

職員們正聚在公司裡聊天。

M：不知道能不能透過這套機械系統來防堵可疑人士的入侵呢？

F1：聽説攝像鏡頭的性能相當優異喔。不久前有一團當紅歌手舉辦演唱會，用的就是同一套系統。

M：説到演唱會，有很多粉絲會做出危險的舉動吧。

F2：那的確是使用識別系統的原因之一，不過更重要的是用來避免買到票的人以高價轉售給其他人。我會去聽那場演唱會喔！

F1：什麼，妳可以去哦？居然搶得到票！票價不貴嗎？

F2：我很幸運，抽籤抽中了，所以是用原價購買的。為了防止有人把抽到的門票高價賣給沒抽中的人，購買時必須附上駕照或護照之類證件的掃描檔。據説憑票入場時，假如長相和當時提供的證件相片不一樣，就絕對進不了會場。

M：有這種事哦。不過有很多女人時常改變髮型和妝容，機器能夠辨識得出來嗎？

F1：就是説呀。如果是長得很像的人，也許就能混進會場了吧……。

F2：據説很難。幾年前，機器還時常發生辨識錯誤的狀況，現在不會了。

M：關於新產品的資訊必須嚴格控管才行，因此保全系統要愈嚴密愈好。我們公司藉由引進這套系統，也能夠向外界宣示對於資訊安全的重視。

> ①②職員們正在談論進入演唱會會場時，辨識入場的是否為本人的識別機器。

Answer　**4**

請問他們三人在談論什麼樣的系統呢？

1　關於讀取密碼的機械系統

2　關於識別非法演場會的機械系統

3　關於識別血管形狀是否與本人一致的機械系統

4　關於識別長相是否與本人一致的機械系統

まず話を聞いてください。それから、二つの質問を聞いて、それぞれ問題用紙の1から4の中から、最もよいものを一つ選んでください。

3番

ニュースで、女のアナウンサーが話しています。

F：イタリアとアメリカの会社が共同で、スマートフォンの電池に十分電気を貯める、つまり充電ができるスポーツシューズを開発しました。これは、靴底に埋め込んだ装置によって、歩く時の足の動きなどで生じるエネルギーを蓄積しておくことができる靴で、完全防水のため雨や雪が降っても問題なく、悪天候でも、マイナス20度から65度の暑さ、寒さの厳しい場所でも使えるようになっています。さらに、「位置情報、歩数、足元の温度、バッテリーレベル」などをチェックすることが可能です。ただし、スマートフォン一台分に充電をするには、8時間の歩行が必要だそうです。

M：もうちょっと短い時間で充電できればいいのになあ。だいたい8時間なんて、そんな時間誰も歩かないよ。

F1：そうね。海外旅行に行ったときぐらいしか役に立たないんじゃない。

F2：登山の時なんかは？がんばって歩こう、という気になるし健康にもいいかも。

F1：お父さんはもともと体を動かすのが好きじゃないから、きっと買っても無駄になるわね。

M：ゴルフだったら歩くけど、とても8時間には足りないな。

F2：私は、歩くことは苦にならないんだけど、値段が気になる。いくらぐらいするのかな。

F1：安かったとしても、私はふつうのスポーツシューズでたくさん。

M：でも、一足あれば、地震や台風で停電になった時に役立つよ。早く <――| 關鍵句 |
　　[1]
発売されるといいのに。

F1：私はいい。いつでもちゃんと充電してるし。持っていても、充電の <――| 關鍵句 |
ことをいつも気にしてたらスポーツしていても楽しくなさそうだから結局はかないな。
　　[2]

F2：言われてみれば、そうね。

翻譯與解題

もんだい
1

もんだい
2

もんだい
3

もんだい
4

もんだい
❺

請先聽完對話,接著聆聽兩道問題,並分別從答案卷上的選項1到
4當中,選出最佳答案。

(3)

女性播報員正在播報新聞。

F:義大利和美國的公司已經聯合研發出一雙能夠為智
慧型手機的電池儲滿電力,也就是能夠充電的運動
鞋。這雙鞋可藉由嵌在鞋底的裝置,將行走時腳部
移動所產生的能量蓄積起來。鞋體完全防水,因此
在雨天和雪天都沒有問題,即使身處惡劣的天氣,
從零下20度的嚴寒到高達65度的酷熱地區,均可
穿著使用。不僅如此,還可以查詢「所在位置、步
數、腳底溫度、儲存電力」等資訊。不過,想要充
飽一支智慧型手機,據說必須步行八個小時。

M:要是用更短的時間充飽電就好了。話說居然需要八
個小時,誰都沒辦法走那麼久啊!

F1:是呀,大概只有出國旅行時派得上用場吧。

F2:爬山的時候也有用吧?這樣才有動力讓人努力繼
續走,或許有益健康吧。

F1:爸爸本來就很討厭運動,就算買了一定要是浪
費。

M:只有打高爾夫的時候我願意走路,但也沒辦法走整
整八個小時啊。

F2:走路對我來講不是一件苦差事,我倒是對定價有
興趣,不曉得大概多少錢呢?

F1:就算不貴,我也只想穿普通的運動鞋。

M:不過,只要家裡有一雙,遇到地震或颱風導致停電
的時候就能發揮作用了。真希望可以早點販售。

F1:我不需要。我一向讓手機維持電力滿格的狀態。就
算穿了那種鞋,心裡總是惦記著充電的事,反而沒辦
法專心享受運動的樂趣,到最後根本就不想穿了。

F2:妳説的聽起來有道理哦。

Answer 4

質問1

父親は、どんな時にこの靴が役に立つと言っていますか。

1　健康が気になるとき

2　時間がたっぷりあるとき

3　ゴルフをしているとき

4　災害の時

Answer 1

質問2

女の子はこの靴についてどう思っていますか。

1　自分にはあまり役に立たないから欲しくない

2　高いから買わない

3　短時間で充電できれば買いたい

4　将来は役に立つかもしれないが、今はまだ欲しくない

☐ 貯める　積儲

☐ 埋め込む　埋入，塞入

☐ 蓄積　蓄積

☐ 悪天候　惡劣的天氣

☐ マイナス【minus】　零下；負

☐ 役に立つ　有助益

☐ たくさん　足夠了

翻譯與解題

もんだい 1

もんだい 2

もんだい 3

もんだい 4

もんだい ❺

提問 1

父親説這種鞋在什麼時候能夠發揮作用呢？

1　注重健康的時候

2　有很多時間的時候

3　想打高爾夫的時候

4　天災發生時

> ①爸爸説遇到地震或颱風導致停電的時候就能發揮作用了。

> 選項 3，爸爸説就算是打高爾夫球的時候也沒辦法走八個小時。

提問 2

女孩對這種鞋有什麼看法呢？

1　因為對自己沒有太大用處，所以不想要

2　因為太貴了所以不會買

3　如果能在短時間內充電完畢就會想買

4　也許將來會派上用場，但現在還不想要

> ②女孩只想穿普通的運動鞋。女孩説心裡總是惦記著充電，反而沒辦法專心享受運動的樂趣，所以不想要。

> 選項 2，在意價格高低的是媽媽。

> 選項 3，説 "要是用更短的時間充飽電就好了" 的是爸爸。

N1 聴力模擬考題　問題 5　第二回 `(5-6)`

問題 5 では、長めの話を聞きます。この問題には練習がありません。

メモをとってもかまいません。

1番、2番

問題用紙に何も印刷されていません。まず話を聞いてください。それから、質問とせんたくしを聞いて、1 から 4 の中から、最もよいものを一つ選んでください。

`(5-7)` **1番**　【答案詳見：212 頁】　　　　　　　　　答え：① ② ③ ④

- メモ -

`(5-8)` **2番**　【答案跟解説：214 頁】　　　　　　　　答え：① ② ③ ④

- メモ -

3番

<ruby>ばん<rt></rt></ruby>

まず<ruby>話<rt>はなし</rt></ruby>を<ruby>聞<rt>き</rt></ruby>いてください。それから、<ruby>二<rt>ふた</rt></ruby>つの<ruby>質問<rt>しつもん</rt></ruby>を<ruby>聞<rt>き</rt></ruby>いて、それぞれ<ruby>問題用紙<rt>もんだいようし</rt></ruby>の1から4の<ruby>中<rt>なか</rt></ruby>から、<ruby>最<rt>もっと</rt></ruby>もよいものを<ruby>一<rt>ひと</rt></ruby>つ<ruby>選<rt>えら</rt></ruby>んでください。

(5-10) 3番　【答案詳見：216頁】　　　　　答え： ① ② ③ ④

質問1

1　法律的に正しいのはどちらか裁判で決める

2　トラブルが起きたらすぐにコミュニケーションを図る

3　早めに第三者に判断してもらうように努力する

4　今後も付き合いがあることを忘れず、まずよく話し合う

質問2

1　不愛想でぶっきらぼうなので付き合いにくい

2　世話好きで親切なので感謝している

3　子どもに厳しい人だが尊敬できる

4　口うるさい人なのでなるべく距離を置きたい

問題用紙に何も印刷されていません。まず話を聞いてください。それから、質問とせんたくしを聞いて、1から4の中から、最もよいものを一つ選んでください。

1番

大学で、男の人と女の人が話をしています。

F：どのサークルに入ろうかな。もう決めた？

M：僕はテニスクラブに入ったよ。まだ募集してるけど、どう？入らない？

F：うん、高校の時ずっとテニスをやってたから続けてもいいんだけど、せっかく大学に入ったんだから、大学でしかできないことをやりたいな。

M：文学研究会とか、合唱サークルとか？

F：うーん、それより、うちの大学は留学生が多いでしょ。社会に出れば外国人といっしょに仕事をすることになると思うから、その前に、友達を作ってその人の国の文化を知りたいんだ。生け花とか書道のサークルも留学生がいるみたいだけど、できればいっしょに人の役に立つような、一つの目的を果たせるようなサークルがいいな。　< 關鍵句

M：そういえば、利害関係のない友達を作れるのは学校だけだって聞いたことあるな。いっしょに社会の役に立つなんていいよね。

F：そうでしょ。うん。私、探してみる。

女の人が興味を持つのはどのサークルですか。

1　留学生が多い日本画のサークル
2　留学生が多い書道部
3　留学生が多いボランティアサークル
4　留学生に日本文化を紹介するサークル

□ 研究会 研究會，研討會
□ 合唱サークル【合唱circle】合唱團
□ 生け花 插花
□ 役に立つ 有益處
□ 利害関係 利害關係
□ ボランティア【volunteer】志願者

< 關鍵句

翻譯與解題

もんだい **1**

もんだい **2**

もんだい **3**

もんだい **4**

もんだい **5**

答案卷上沒有印任何圖片和文字，請先聽完對話，再聽問題和選項，從選項 1 到 4 當中，選出最佳答案。

（1）

男生和女生正在大學校園裡交談。

F：我到底該參加哪個社團呢？你已經決定了嗎？

M：我已經加入網球社囉！那裡還沒額滿。怎樣？要不要來？

F：嗯，我高中時一直打網球，所以繼續練習也可以，不過好不容易才上了大學，我想嘗試一些只在大學時代能做的事。

M：妳是指文學研究社或是合唱團之類的嗎？

F：呃，其實我的意思是，我們學校不是有很多留學生嗎？我覺得等到以後上班，應該會進入和外國人一起工作的職場，所以想提前和他們交朋友，了解他們國家的文化。雖然插花社和書法社似乎有不少留學生入社，但是我更希望參加能夠和他們一起助人，合力完成某項目標的社團。

M：聽妳這麼一説我想起來了，好像曾經聽過只有在學校裡才能交到沒有利害關係的朋友。和同學一起對社會有所貢獻，這個想法很不錯喔！

F：對吧？嗯，我去找找看有沒有這樣的社團！

①②女學生雖然想加入有許多留學生的社團，但可以的話更希望是「いっしょに人の役に立つような／一起助人」「いっしょに社会の役に立つ／一起對社會有所貢獻」這類的社團。符合這個目的的是選項 3 。

--- Answer **3**

請問女生對哪個社團有興趣呢？

1 有許多留學生參加的日本畫社。

2 有許多留學生參加的書法社。

3 有許多留學生參加的社會服務社。

4 向留學生介紹日本文化的社團。

選項 1，對話中沒有提到日本畫。

選項 4，女學生並不是要「日本文化を紹介する／介紹日本文化」，相反的，她説想了解留學生國家的文化。因此她最感興趣的是有許多留學生的服務性社團。

2番

学生がアルバイトの面接を受けています。

M：今までどんなアルバイトをしたことがありますか。

F1：飲食店で働いたことがあります。ウェイトレスと、レジも担当していました。

F2：どうしてやめてしまったんですか。

F1：その店が閉店してしまいまして、ちょうど私も留学が決まっていたので、それ以後はしていません。

M：英語は話せますか。

F1：はい、日常会話には不自由しません＊。

M：うちはレストランや喫茶店と違って、お客さんと話すことはないんですが、電話の応対がしっかりできないと困るんです。電話はお客様からが多い＜關鍵句
んですけれど、大家さんや建築会社、銀行など、いろいろなところからかかってきます。大丈夫ですか。①

F1：はい。敬語も、苦手だと感じたことはないです。

F2：パソコンは？

F1：資格などはありませんが、キーボードは見ないで打てます。

M：わかりました。

□ レジ【register】
　収銀
□ 不自由 不方便，
　不自由
□ 大家 房東
□ キーボード
　【keyboard】
　鍵盤
□ 事務 內勤，事務
□ 通信販売 郵購

どんなアルバイトの面接ですか。

1　不動産会社の事務

2　通信販売の受付

3　英会話の教師

4　楽器演奏者

翻譯與解題

もんだい 1

もんだい 2

もんだい 3

もんだい 4

もんだい ❺

（2）

學生正在接受工讀的面試。

M：妳有工讀的經驗嗎？

Ｆ１：我待過餐飲業，當過服務生和收銀員。

Ｆ２：為什麼離職了呢？

Ｆ１：因為那家店結束營業了，而我那時也剛好決定留
學，之後就沒繼續做了。

M：會説英語嗎？

Ｆ１：會，日常交談沒有問題＊。

M：我們這裡和餐廳或咖啡廳不一樣，不會面對面和顧
客直接對話，但如果接聽電話時無法妥善應答就麻
煩了。打電話來的大部分是客戶，不過也會接到房
東、建設公司或銀行等不同單位打來的電話。妳有
把握勝任嗎？

Ｆ１：沒問題。我可以使用敬語對答如流。

Ｆ２：電腦呢？

Ｆ１：雖然沒有證照，但是可以不看鍵盤打字。

M：好的。

①和房東及建設公
司有密切關係的是選
項 1 不動產公司。
「大家／房東」是指
出租房屋的人。不動
產公司的業務是代表
屋主出售或租賃房
屋、土地給需要的客
人。

Answer 1

請問她接受的是什麼行業的工讀面試呢？

1 不動產公司的內勤人員

2 郵購的櫃臺人員

3 英語會話的教師

4 樂器演奏者

＊不自由しない＝沒有問題（不會感到困擾。）

まず話を聞いてください。それから、二つの質問を聞いて、それぞれ問題用紙の1から4の中から、最もよいものを一つ選んでください。

3番

テレビの報道番組で、近隣トラブル、つまり、近所に住む人どうしの紛争について弁護士が話しています。

M：引っ越したら隣の人がうるさくて困っている、上の階の子どもが四六時中ドタバタと走り回っている、などという苦情をよく耳にしますが、どう対処すればいいか分からないという方が多いようです。

　　ご近所同士の紛争は、ある程度の長さのつきあいを続けざるを得ないことが多く、裁判で勝っても、問題の本質的な解決につながりにくいのです。さらに近隣トラブルは、生活に影響するため精神的ストレスが大きいという特徴があります。

　　ですから、まず何よりも、今後もつきあいが続くということを頭において* ◀關鍵句
対処すべきでしょう。このような観点から、まず、話し合いで解決を図るのが効果的です。その際に、法律とかマンションの規則とか、何らかの客観的な根拠をもって話し合いに臨むことも有効です。話し合いで解決がつかない場合も、いきなり裁判を起こすのではなく、裁判所という場所を借りた話し合いや、中立的な立場の人に判断を任せるなど、より穏やかな解決方法が望ましいでしょう。

M：昔、ピアノの音が原因で近所の人を殺してしまった事件があったね。

F1：そうね。最近もエレベーターの中でにらまれたとか、近所の子どもに家のドアを蹴られたことで殺そうと思ったとか、騒音以外にも近隣トラブルはあるみたいね。

M：ふだんからコミュニケーションがとれていればいいのかもしれないけれど、今はそれが難しいんだよな。さやかはちゃんと近所の人に挨拶してる？

F2：うん、してるよ。でも、お隣の酒井さんに、「お帰りなさい」て言われると、「ただいま」って答えていいのかどうかわからなくて、「どうも」って小さい声で答えてるんだ。

M：夫婦げんかの声とかが聞こえてたら、ちょっと恥ずかしいなあ。

F1：やあね、そんなに大きい声で喧嘩なんかしないわよ。どこまでお付き合いをしたらいいかっていうのは難しいけど、災害が起きた時は助け合わなくちゃならないんだから、やっぱり普段から関係はよくしておきたいわね。

F2：そういえば私が小学生の時、鍵がなくて家に入れないで困っていたとき、 ◀關鍵句
酒井さんのおじさんが一緒に遊んでくれたでしょ。顔はちょっと怖いけど、優しいよ。

M：奥さんにはいつも手作りのおいしいものをいただいているしね。 ◀關鍵句

F1：本当。ありがたいわね。 ◀關鍵句

M：そうだね。こんなトラブルは想像もつかないなあ。

翻譯與解題

もんだい 1

もんだい 2

もんだい 3

もんだい 4

もんだい ❺

請先聽完對話，接著聆聽兩道問題，並分別從答案卷上的選項 1 到 4 當中，選出最佳答案。

（3）

律師正在電視專題報導節目中談論關於鄰居糾紛，也就是住在附近的居民彼此的紛爭。

M：我們常聽到有人抱怨剛搬來的鄰居很吵，或是住在樓上的小孩一天到晚蹦蹦跳跳跑來跑去。有許多人不知道該如何處理這樣的困擾。

鄰居間的紛爭，通常之後仍然不得不持續往來一段時間，所以就算贏了訴訟，並不等於問題獲得實質上的解決。況且鄰居糾紛的特徵就是精神壓力會大到影響生活。

因此，在處理這種問題的時候，最重要的前提就是必須記住＊，雙方日後仍須保持往來。基於這個觀點，最有效的方式，首先應該是試著透過協商來解決問題。這時候，可以依據法律或大廈管理條例之類的客觀準則來協商，具有一定的成效。即使經過協商依舊無法解決，也不要立刻提起訴訟，而希望大家能夠採用比較溫而妥善的解決方式，例如藉由在法院這樣的場所繼續協商，或是交由立場中立者做出判斷等等。

M：我記得從前曾經發生過因為鋼琴的彈奏聲導致殺死鄰居的凶殺案呢！

F1：是呀，最近好像也有些鄰居糾紛的起因不是噪音，而是由於在電梯裡被瞪了一眼，或是家門被附近的小孩踢了一腳，結果就懷恨在心，想殺人洩憤喔。

M：假如平常保持良好的溝通，或許就不會發生這些憾事了，可是在現代社會實在不容易辦到。沙耶香，妳平常有沒有禮貌地和鄰居打招呼？

F2：嗯，有啊。不過，隔壁的酒井伯母對我說「回來啦」的時候，我不知道該不該回答「我回來了」，只敢小小聲回覆一句「您好」。

M：萬一我們夫妻的吵架聲被他們聽見了，可就不太好意思了。

F1：討厭，我才沒有扯開大嗓門和你吵架呢！雖然和鄰居間的往來很難把分寸拿捏得恰到好處，可是萬一發生災害的時候大家不得不互相幫忙，所以希望平時可以維持良好的關係。

F2：我記得讀小學的時候有次忘記帶鑰匙，沒辦法進家門，不知道怎麼辦才好，那時酒井伯伯陪我玩了好一陣子。他的長相雖然有點可怕，其實心地很善良喔。

M：酒井太太也常把親手做的好菜分送給我們吃。

F1：就是説嘛，很感謝她呢。

M：是啊，實在難以想像怎麼有人會發生鄰居糾紛那種事啊。

質問1

弁護士は、近隣トラブルの解決で大切なのはどんなことだと言っていますか。

1 法律的に正しいのはどちらか裁判で決める

2 トラブルが起きたらすぐにコミュニケーションを図る

3 早めに第三者に判断してもらうように努力する

4 今後も付き合いがあることを忘れず、まずよく話し合う

質問2

この家族は隣の夫婦について、どう思っていますか。

1 不愛想でぶっきらぼうなので付き合いにくい

2 世話好きで親切なので感謝している

3 子どもに厳しい人だが尊敬できる

4 口うるさい人なのでなるべく距離を置きたい

□ 報道 報導

□ 四六時中 一天到晩，一整天

□ ドタバタ 蹦蹦跳跳跑來跑去

□ 耳にする 聽見

□ 対処 處理

□ 話し合う 商量，談話

□ 蹴る 踢

□ かどうか 是否

□ 助け合う 互相幫助

□ 手作り 手製

翻譯與解題

もんだい
1

もんだい
2

もんだい
3

もんだい
4

もんだい
❺

提問 1

律師説，解決鄰居糾紛的時候，最重要的是什麼事呢？

1　誰在法律上是對的一方由法院判定

2　一旦發生問題，就法上進行溝通

3　努力儘早讓第三者作出判斷

4　不要忘記雙方日後仍須保持往來，先好好溝通

①律師提到要解決鄰居糾紛，最重要的前提就是「今後もつきあいが続くということを頭において対処する／必須記住，雙方日後仍須保持往來」。

＊頭におく＝放在心上（不忘記，記住。）

提問 2

這一家人對於鄰居夫婦有什麼看法呢？

1　因為他們態度粗魯不親切，很難來往

2　因為他們樂於助人又很親切，所以很感謝他們

3　他們對孩子很嚴格，值得尊敬

4　他們很嘮叨，所以想盡量保持距離

②③④從爸媽和女兒的對話中可以判斷出，這一家人對於鄰居夫婦的經常關照感到非常感激。

選項 1 和選項 3，女兒提到酒井先生「顔はちょっと怖いけど、優しい／長相雖然有點可怕，其實心地很善良」。

選項 4，對話中沒有提到「口うるさい／嘮叨」。

N1 聴力模擬考題　問題 5　第三回 (5-11)

問題 5 では、長めの話を聞きます。この問題には練習がありません。

メモをとってもかまいません。

1番、2番

問題用紙に何も印刷されていません。まず話を聞いてください。それから、質問とせんたくしを聞いて、1から4の中から、最もよいものを一つ選んでください。

(5-12) **1番**　【答案詳見：222 頁】　　　　　答え：① ② ③ ④

- メモ -

(5-13) **2番**　【答案跟解説：224 頁】　　　　　答え：① ② ③ ④

- メモ -

3番

まず話を聞いてください。それから、二つの質問を聞いて、それぞれ問題用紙の1から4の中から、最もよいものを一つ選んでください。

(5-15) 3番 【答案詳見：226 頁】　　　　　　答え：① ② ③ ④

質問1

1　女性の教育に関する実態

2　女性の活躍推進に関する世論

3　育児に関する世論

4　高齢化社会の実態

質問2

1　兄も妹も、働きづらいと思っている

2　兄は働きづらいと思っているが、妹は働きやすいと思っている

3　兄も妹も、とても働きやすいと思っている

4　兄は働きやすいと思っているが、妹は特に女性にとって働きづらい

問題用紙に何も印刷されていません。まず話を聞いてください。それから、質問とせんたくしを聞いて、1から4の中から、最もよいものを一つ選んでください。

1番

電話で男の人と女の人が話しています。

F：はい、アイラブックです。

M：あのう、本を寄付したいんですけど。

F：ありがとうございます。どのぐらいになるでしょうか。

M：ええと、100冊ぐらいなんで、ミカンの箱で三箱ぐらいかな。いや、二箱…。大きい本もあるのでやはり三箱ぐらいです。

F：五冊以上の場合は、送料は結構です。こちらで指定する配送業者を手配します。お送りになる準備ができましたら、ホームページから申し込み用紙を印刷して必要事項を書いたものを箱に詰めてください。それから配送会社に電話をして、引き取りを依頼して、配送会社の人が来たら、渡していただけますでしょうか。⟨關鍵句

M：わかりました。それと、もし引き取ってもらえない本が入っていた場合は、送り返されてくるんでしょうか。

F：一度送っていただいた本は返却できないので、処分します。値段がつけば*それを支援が必要な団体に寄付させていただき、値段がつかなければ処分します。

M：わかりました。じゃあ、これから準備します。

F：よろしくお願いいたします。

□ 送料 運費
□ 手配 安排，準備
□ 引き取り 領取
□ 返却 退還
□ 処分 處理
□ 支援 支援

男の人が本を送るためにしなければならないことは何ですか。

1　①本を箱に詰める　②申込書をアイラブックに郵送する　③連絡が来たら配送会社に①を持って行く。

2　①本を数える　②冊数を申込書に記入する　③電話が来たらアイラブックに郵便で送る。

3　①申込書に必要事項を記入する　②①を本と一緒に箱に詰める　③配送会社に電話して来てもらう。

4　①申込書に必要事項を記入する　②①をアイラブックに郵送する　③配送会社に電話して来てもらう。

翻譯與解題

もんだい 1

もんだい 2

もんだい 3

もんだい 4

もんだい ⑤

答案卷上沒有印任何圖片和文字，請先聽完對話，再聽問題和選項，從選項1到4當中，選出最佳答案。

（1）

男士和女士正在通電話。

F：相良書店，您好。

M：不好意思，我想捐書。

F：謝謝您。請問大約幾本呢？

M：我想一下，大概有一百本，以裝橘子的箱子估計，差不多三箱吧……嗯，還是兩箱呢？有些書是大開本的，可能還是會裝到三箱左右吧。

F：超過五本即可免運費，我們會安排合作的貨運業者到府取書。麻煩您準備好了以後，上官網列印申請表並填寫必填欄位，一同放進箱子裡。接下來，打電話給貨運公司請他們來取書，等貨運人員到府之後，把箱子交給他們就可以了。

> 從①可知，選項3是正確答案。

M：我知道了。另外想請教，如果有些書貴書店不收，會送還給我嗎？

F：一旦收到捐贈的書，之後就不再歸還，因此那些書會直接處理掉。假如經過評估是有價值*的書，會捐贈給需要的團體，如果是沒價值的書就會直接處理掉。

M：我明白了。那麼，我等一下就去準備。

F：麻煩您了。

Answer 3

請問男士送書時必須做哪些步驟呢？

1 ①把書裝箱 ②將申請表郵寄至相良書店 ③等對方通知之後，把①拿到貨運公司。

> 選項1和選項2，並不是必須要做的事。

2 ①計算書籍冊數 ②把冊數填在申請表上 ③於接到電話之後，郵寄至相良書店。

3 ①在申請表上填寫必填欄位 ②將①和書一起放進箱子裡 ③打電話給貨運公司請他們過來取書。

4 ①在申請表上填寫必填欄位 ②將①郵寄至相良書店 ③打電話給貨運公司請他們過來取書。

> 選項4，順序②錯誤。

*値段がつく＝評估價格（決定要以多少價格收購。）

2番

会社で三人の社員が集まって社内行事の企画について話しています。

M：今年の秋の行事について、そろそろ意見をまとめましょう。

F1：うちの課は、社員旅行がいいという声が上がりました。最近
　　はずっと旅行に行ってなかったんですが、また復活させたい、
　　ということです。

M：そういえば他の会社でも、社員旅行を復活させたところが増え
　　てるらしいですよ。自分の時間を優先させたかったり、不況
　　だったりでやらなくなったのに、今になってまたなんて、お
　　もしろいですね。

F1：職場の人間関係をよくするためにはいいことじゃないですか。
　　ベテランと新人が一緒の部屋で寝起きするって、会社の業績
　　を上げこそすれ、下げることはなさそうだし。

F2：うちの課は、山登りと花見、あと、花火大会見物が出てました。
　　例えば土日で旅行に行けば、次の週末までは休みがないわけ
　　ですから、社員旅行は、体力的にどうかな。スポーツ大会とか、
　　花見ぐらいが適当だと思うんですけど。

M：スポーツ大会も結構無理するかもしれませんね。とにかく、
　　運動会にせよ、花見にせよ、イベントをやること自体はみんな前
　　向き*ですね。うーん、旅行も、無理ってことはないかもしれま
　　せんよ。そうだ、みんなに行きたいかどうか、意見を聞いてみま　　　＜|關鍵句|
　　せんか。もし旅行ということになると予算を組まないといけない　[1]
　　から、会社がどれぐらい出せるのかもさっそく上に聞いてみます。

F2：一人いくらぐらいなら個人的に出してもいいか、またどんなと　　　＜|關鍵句|
　　ころに行きたいかも合わせて、アンケートをとってみましょ
　　うか。他のイベントに関しては、旅行はなし、と決まってか　[2]
　　らでも遅くないですよ。

M：それはそうですね。

F1：じゃあ、さっそくアンケートをつくりましょう。

三人が作るアンケートの問いとして適当ではないのはどれですか。

1　社内行事をすることに賛成か反対か

2　社員旅行に行きたいかどうか

3　社員旅行があったらどこへ行きたいか

4　社員旅行があったら参加費がいくらまでなら参加するか

□ **行事** 活動

□ **復活** 恢復；
　復活

□ **不況** 不景氣

□ ベテラン
　【veteran】老
　手

□ **前向き** 積
　極

□ アンケー
　ト【(法)
　enquete】
　意見調査

翻譯與解題

もんだい 1

もんだい 2

もんだい 3

もんだい 4

もんだい 5

（2）

三名職員正聚在公司裡討論公司活動的企劃事宜。

M：關於今年秋季的活動，差不多該開始彙集大家的意見了。

F1：我們科裡有人希望辦員工旅遊。近年來已經好久沒去旅行了，希望公司能夠復辦。

M：聽妳這麼一說，好像有愈來愈多公司也復辦員工旅遊了。之前因為有人認為應該優先保留自己的私人時間，或是由於不景氣而停辦，結果現在又要求復辦了，實在有意思。

F1：員工旅遊能夠增進職場的人際關係，這樣不是很好嗎？資深員工和新進員工住在同一個房間裡，應該有助於提升公司業績，總不至於降低吧。

F2：我們科提議爬山、賞花和看煙火。如果在週六日參加旅遊，就得一直等到下一個週末才有自己的休息時間，畢竟員工旅遊也很耗體力。相較之下，運動會或賞花之類的活動沒那麼累。

M：運動會或許也相當耗費精力喔。總之，不論是運動會或是賞花，舉辦員工活動的目的是提升大家的積極度*。唔，要辦旅遊的話，倒也未必不行。對了，要不要先調查一下大家到底想不想去呢？假如真的決定是旅遊，就得仔細估計預算才可以，我馬上就去問公司能夠補助多少錢。

F2：我們要不要設計一份問卷，調查每個人願意自費的金額大約多少，以及希望去什麼樣的地方？至於其他的活動，可以等到大家確定剔除了旅遊這個選項之後，再徵詢意見也不遲。

M：那當然！

F1：那麼，立刻動手設計問卷吧！

> 從①②可知，選項 2、3、4 都是正確的。

---------- Answer **1**

他們三人設計的問卷題目，以下哪一項是不正確的？

1 請問您贊成或是反對舉辦公司活動？

2 請問您有沒有意願參加員工旅遊？

3 請問如果舉辦員工旅遊，您想去什麼地方？

4 請問如果舉辦員工旅遊，您願意參加的自付額上限是多少呢？

*前向き＝積極（積極的。例句：その件につきましては、前向きに検討させていただきます／關於那個問題，我們將會認真討論。）

> 選項1，對話中提到「イベントをやること自体はみんな前向き／舉辦員工活動的目的是提升大家的積極度」，所以不需要問選項1的問題。

まず話を聞いてください。それから、二つの質問を聞いて、それぞれ問題用紙の1から4の中から、最もよいものを一つ選んでください。

3番

テレビでアナウンサーが、世論調査の結果について話をしています。

M：今回の調査では、政治・経済・地域などの各分野で女性のリーダーを増や　　關鍵句
すときに障害となるものは何か、という質問に対して、「保育・介護・家事
などにおける夫などの家族の支援が十分ではないこと」[1]、と答えた人の割合
が、女性54.8%、男性44.8%と、ともに最も高くなりました。続いて、保
育・介護の支援などの公的サービスが十分ではないことが42.3%、長時間
労働の改善が十分ではないことが38.8%、上司・同僚・部下となる男性や
顧客が女性リーダーを希望しないことが31.1%と続きました。
また、一方で、男性が家事・育児を行うことについて、どのようなイメー
ジを持っているか聞いたところ、「子どもにいい影響を与える」と考えた人
の割合が女性では62.2%と最も高かったことに対して、男性では「男性も
家事・育児を行うことは、当然である」と答えた人の割合が58%で、一位
となりました。

M：僕は、結婚したら必ず家事や育児をするのに、なんでなかなか結婚できな
いのかな。

F1：あらあら、妹の陽子の方が結婚することになって、急に焦ってるんでしょ？
健一は、あんまり結婚したそうに見えないからじゃない？お父さんに似て、
あんまりおしゃれもしないし。

M：そうかな。とにかく、うちは特に長時間労働ということもないし、働きや　　關鍵句
すいよ。[2]

F2：上の人がまだ仕事をしていると、なかなか帰りにくいっていうことはない？
私、課長より先には帰りにくくて。

M：そうでもないよ。逆に、残っていると、仕事ができない人みたいなイ
メージになっちゃう。部長は女の人だし、たいてい一番先に帰るんだ。
女性社員もさっさと帰るよ。

F1：昔、私が会社に勤めてた時は、特に仕事がなくても会社に残っている人が
いたんだけど、そういう人はきっと、家事をやらなくても済んでたのよね。

M：うん。元気な親と一緒に住んでたか、一人暮らし…。今はそんな会社、
減ったよ。もちろん、なかなか仕事が終わらなくて、っていう人もいる
とは思うけど、育児や介護を抱えていたりする人が長時間働かなくてもい
いように会社が考えていかないと、女性は社会では活躍しにくいよ。最近
は、家族の誕生日は休めるし、育児休暇*は男性も最低1か月はとれるっ
て会社もあるらしいね。

F2：そういう会社はいいね。うちの会社は、大事なことが決まるのは、6時過ぎ
で、場所は喫煙室。社長も部長もいつもそこにいるんだもん。結婚しても　　關鍵句
やめないけど、子どもが生まれたら仕事を続けられるか心配。[3]

翻譯與解題

もんだい 1

もんだい 2

もんだい 3

もんだい 4

もんだい ❺

請先聽完對話，接著聆聽兩道問題，並分別從答案卷上的選項 1 到 4 當中，選出最佳答案。

（3）

播員正在電視節目中報導民意調查的結果。

M：本次調查是針對在政治、經濟、地區等領域，有哪些因素阻礙了更多女性成為主管。調查結果分別有54.8％的女性和44.8％的男性回答「在照顧嬰幼兒、照護病人與做家務方面，包括丈夫在內的家人沒有給予充分的協助」，佔有相當高的比率。接著是有42.3％的人回答「在照顧嬰幼兒與照護病人方面，政府提供的支援服務不夠充足」，有38.8％的人回答「過長的工時仍然有待改善」，還有31.1％的人回答「身為男性的上司、同事和部屬或是顧客，不希望主管是女性」。與此同時，另一題詢問關於男性做家事與育兒給人什麼樣的印象，認為「對孩子有正面的影響」的女性受訪者佔比是62.2％，是本次調查中最高的數字，而認為「男性負責家務和育兒是理所當然的」的男性受訪者佔比是58％，同樣高居第一位。

M：等我結了婚以後，也一定會做家事和帶孩子，可是為什麼到現在還沒人願意和我結婚呢？

F1：哎呀，你看到妹妹陽子要結婚了，所以突然著急了吧？健一，是不是因為你看起來沒什麼結婚的意願呢？你和爸爸一樣，不太講究穿著。

M：是那樣嗎？總之，我們公司的上班時間不會太長，工作蠻輕鬆的。

F2：如果上面的人還在工作，難道不會覺得自己也不好意思回去嗎？像我就不好意思比科長還早離開。

M：不會啊。反而留下來加班的職員，會給人一種工作能力不佳的印象。我們經理是女生，通常都是第一個下班的，其他女職員也跟著立刻回去了。

F1：我以前還在公司上班的時候，有些人就算工作都做完了，還是會繼續待在公司裡。我猜啊，那些人一定不必做家事。

M：嗯，他們大概是和身體還很硬朗的父母住在一起，不然就是自己一個人住……。現在那樣的公司已經比以前少了。當然，我想有些人確實是工作做不完才留在公司裡。不過，除非公司改變想法，認為必須照顧嬰幼兒和照護病人的員工，可以不必工作到那麼晚，否則女性就很難在社會上一展長才。最近聽說有些公司可以讓員工在家人的生日那天休假，即使是男性也至少可以請一個月的育兒假*喔！

F2：那種公司真好！我們公司的重大決定，幾乎都是六點過後在吸菸室裡做成決議的。原因是總經理和經理總是待在那裡嘛。雖然我結婚以後不會辭職，可是很擔心生了小孩以後，不知道還能不能繼續外出上班。

質問1

この調査は何について調べたものですか。
1　女性の教育に関する実態
2　女性の活躍推進に関する世論
3　育児に関する世論
4　高齢化社会の実態

質問2

兄と妹は自分の勤めている会社についてそれぞれどう考えていますか。
1　兄も妹も、働きづらいと思っている
2　兄は働きづらいと思っているが、妹は働きやすいと思っている
3　兄も妹も、とても働きやすいと思っている
4　兄は働きやすいと思っているが、妹は特に女性にとって働きづらい会社だと思っている

□ **分野** 領域
□ **世論調査** 民意調查
□ **公的** 公共的，官方的
□ **育児** 育兒
□ **逆に** 相反的
□ **実態** 實際狀態
□ **世論** 輿論

翻譯與解題

もんだい

1

もんだい

2

もんだい

3

もんだい

4

もんだい

5

提問 1

請問這項調查的主題是什麼呢？

1　關於女性教育的實際情況

2　關於推動女性活躍的輿論

3　關於育兒的輿論

4　高齡化社會的實際情況

①提到"在各種領域…更多女性成為主管"，也就是說，這是針對推動女性活躍於職場，調查民眾意見的民意調查。因此，選項 2 是正確答案。

提問 2

請問哥哥和妹妹對於自己上班的公司，各自有什麼樣的看法呢？

1　哥哥和妹妹都認為工作很艱辛

2　哥哥認為工作很艱辛，妹妹認為工作很輕鬆

3　哥哥和妹妹都認為工作非常艱辛

4　哥哥認為工作很輕鬆，妹妹則認為公司對女性來說，工作特別艱辛。

＊育児休暇＝育兒假（在孩子小的時候給予固定休假天數的制度。）

②③相較於哥哥說自己的工作蠻輕鬆的，妹妹則說「子どもが生まれたら仕事を続けられるか心配／擔心生了小孩以後，不知道還能不能繼續外出上班」。由此可知對於女性而言，工作條件並不友善。

問題1
例

Answer **2**

男の人と女の人が話をしています。二人はこれから何をしますか。

M：ごめんごめん。もうみんな、始めてるよね。

F：（少し怒って）もう。きっとおなかすかせて待ってるよ。飲み物がなくちゃ乾杯できないじゃない。私たちが買って行くことになってたのに。

M：電車が止まっちゃって隣の駅からタクシーだったんだよ。なんか、人身事故だって。

F：ああ、そうだったんだ。また寝坊でもしたんじゃないかと思ったよ。

M：ええっ。それはないよ。朝は早く起きて、見てよ、これ。

F：すごい。佐藤君、ケーキなんて作れたんだ。

M：まあね。とにかく急ごう。あのスーパーならいろいろありそうだよ。

二人はこれからまず何をしますか。

1　タクシーに乗る　　　　2　飲み物を買う

3　パーティに行く　　　　4　ケーキを作る

第一大題

範例

男士和女士正在談話。請問他們接下來要做什麼呢？

M：抱歉抱歉，大家已經開始了吧？

F：（有點生氣）真是的，大家一定都餓著肚子等我們去啦！沒有飲料要怎麼乾杯呀？我們可是負責買飲料的耶！

M：我搭的那班電車中途停駛，只好從前一站搭計程車趕過來。聽說發生了落軌意外。

F：哦，原來是這樣喔，我還以為你又睡過頭了。

M：什麼？我才沒有睡過頭咧！一大早就起床了，妳看這個就知道了啊。

F：佐藤，你太厲害了，居然還會做蛋糕！

M：好說好說。總之，我們快點去買吧，那家超市的品項應該很齊全喔。

請問他們接下來要做的第一件事是什麼呢？

1　搭計程車　　　　2　買飲料

3　去派對　　　　4　做蛋糕

翻譯與解題

もんだい 1

もんだい 2

もんだい 3

もんだい 4

もんだい ⑤

問題2
例

Answer **4**

男の人と女の人が話しています。男の人はどうして肩がこったと言っていますか。

M：ああ肩がこった。

F：パソコン、使いすぎなんじゃないの？

M：今日は2時間もやってないよ。30分ごとにコーヒー飲んでるし。

F：ええ？ 何杯飲んだの？

M：これで4杯めかな。眼鏡だって新しいのに変えてから調子いいんだ。ただ、さっきまで会議だったんだけど、部長の話が長くてきつかったよ。コーヒーのおかげで目が覚めたけど。あの会議室は椅子がだめだね。

F：そうなのよ。私もあそこで会議をした後、必ず背中や肩が痛くなるの。椅子は柔らかければいいというわけじゃないね。

M：そうそう。だから会議の後は、みんな肩がこるんだよ。

男の人はどうして肩がこったと言っていますか。

1　パソコンを使い過ぎたから　2　コーヒーを飲みすぎたから
3　部長の話が長かったから　　4　会議室の椅子が柔らかすぎるから

第二大題

範例

男士和女士正在聊天。請問男士為什麼説自己肩膀酸痛呢？

M：唉，肩膀酸痛。

F：是不是電腦用太久了？

M：今天還用不到兩小時咧！而且每半小時就去喝一杯咖啡。

F：什麼？你喝幾杯了？

M：這是第四杯吧。還有，自從換了一副新眼鏡以後，不必往前湊就看得很清楚。不過，我才剛開完會，經理講了很久，聽得很累。幸好喝了咖啡，還能保持清醒。那間會議室裡的椅子坐起來很難受。

F：就是説啊。我也一樣，每次在那裡開完會後，不是背痛就是肩痛。椅子並不是柔軟，坐起來就舒服。

M：對啊對啊，所以開完會以後，大家都肩膀酸痛呢！

請問男士為什麼説自己肩膀酸痛呢？

1　電腦用太久　　　　　　　2　喝過多的咖啡
3　經理話講太久　　　　　　4　會議室的椅子太不柔軟

問題3
例

テレビで男の人が話しています。

M：ここ2、30年のデザインの変化は著しいですよ。例えば、一般的な4ドアのセダンだと、これが日本とアメリカ、ドイツとロシアの20年前の形と比較したものなんですけど、ほら、形がかなりなだらかな曲線になっています。フロントガラスの形も変わってきていますね。これ、同じ種類なんです。それと、もう一つの大きい変化は、使うガソリンの量が減ったことです。中にはほとんど変わらないものもあるんですが、ガソリン1リットルで走れる距離がこんなに伸びている種類があります。今は各社が新しい燃料を使うタイプの開発を競争していますから、消費者としては、環境問題にも注目して選びたいものです。

男の人は、どんな製品について話していますか。

1　パソコン　　　　　　　　2　エアコン
3　自動車　　　　　　　　　4　オートバイ

第三大題

範例

男士正在電視節目上發表意見。

M：近二、三十年來的設計有顯著的變化。以常見的四門轎車來舉例，把日本的外型拿來和美國、德國及俄羅斯二十年前的做比較，可以發現，車體呈現相當流暢的曲線，而且前擋風玻璃的樣式也出現了變化喔。您看這裡，這是屬於同一種車款的。此外，還有一個很大的變化就是變得更省油了。雖然有些車款的耗油量幾乎和從前一樣，但也有另外幾種的每公升汽油行駛距離增加了許多。目前各車廠競相研發使用新式燃料的車款，希望消費者也能在講求環保的前提之下選購產品。

請問男士正在敘述什麼樣的產品呢？

1　電腦
2　空調機
3　汽車
4　摩托車

翻譯與解題

もんだい 1

もんだい 2

もんだい 3

もんだい 4

もんだい ❺

問題 4
例

Answer 1

M：張り切ってるね。

F：1　ええ。初めての仕事ですから。

2　ええ。疲れました。

3　ええ。自信がなくて。

第四大題

範例

M：瞧妳幹勁十足的模樣！

F：1　是呀，畢竟是第一份工作！

2　是呀，好累喔。

3　是呀，我實在沒有信心。

合格班日檢文法N1
逐步解說＆攻略問題集（18K＋MP3）

【日檢合格班 18】

■ 發行人／ 林德勝

■ 著者／ 山田社日檢題庫小組、吉松由美、田中陽子、西村惠子

■ 日文編輯／ 王芊雅

■ 出版發行／ 山田社文化事業有限公司
　　地址　臺北市大安區安和路一段112巷17號7樓
　　電話　02-2755-7622　02-2755-7628
　　傳真　02-2700-1887

■ 郵政劃撥／ 19867160號　大原文化事業有限公司

■ 總經銷／ 聯合發行股份有限公司
　　地址　新北市新店區寶橋路235巷6弄6號2樓
　　電話　02-2917-8022
　　傳真　02-2915-6275

■ 印刷／ 上鎰數位科技印刷有限公司

■ 法律顧問／ 林長振法律事務所　林長振律師

■ 定價／ 新台幣399元

■ 初版／ 2018年2月

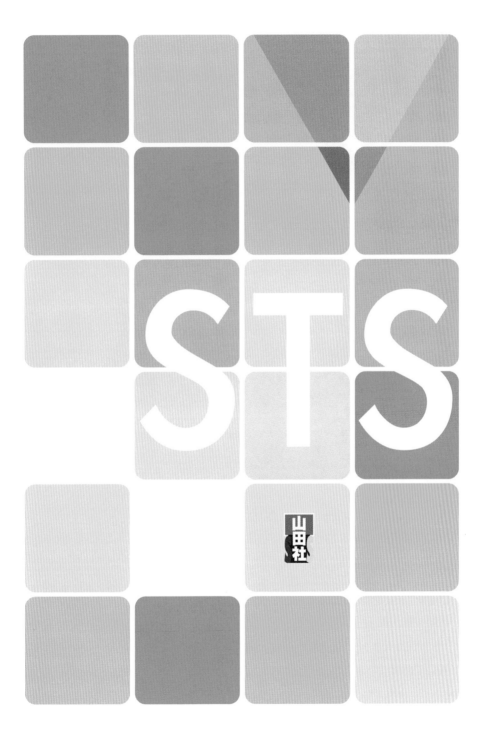

STS

山田社